一千零一夜

张在军　主编

注音彩图版

知识出版社

图书在版编目（CIP）数据

一千零一夜 / 张在军主编. -- 北京：知识出版社，2014.1

（让孩子受益一生的经典名著）

ISBN 978-7-5015-7895-5

Ⅰ.①一… Ⅱ.①张… Ⅲ.①民间故事—作品集—阿拉伯半岛地区 Ⅳ.①I371.73

中国版本图书馆CIP数据核字(2013)第315906号

让孩子受益一生的经典名著

一千零一夜

出 版 人	姜钦云
责任编辑	易晓燕
美术设计	北京心文化图书工作室
出版发行	知识出版社
地　　址	北京市西城区阜成门北大街17号
邮政编码	100037
电　　话	010-88390659
印　　刷	北京一鑫印务有限责任公司
开　　本	650mm×920mm　1/32
印　　张	6.5
版　　次	2014年1月第1版
印　　次	2020年9月第11次印刷
书　　号	ISBN 978-7-5015-7895-5
定　　价	29.90元

CONTENTS

目 录

yī qiān líng yī yè
一千零一夜

名师导读

国王听说王后干了让自己蒙羞的事情，他决心怎样惩罚全国的女子呢？最后又是谁，用什么办法保护了全国的女子呢？

据说，在古印度和中国之间有一个富足（丰富而充足）的王国，这里的国王有两个儿子。后来，大儿子山鲁亚尔继承了王位，二儿子沙宰曼当上了另一个国家的国王。

一天，国王山鲁亚尔对自己的宰相说："你去请我的弟弟来做客，我很想念他。"宰相奉国王的命令，来到沙宰曼的王国，向沙宰曼表达

了山鲁亚尔国王的**思念**之情。"好，我这就去看望山鲁亚尔哥哥。"沙宰曼也很想念自己的哥哥，他安排好国家的事情后，就兴冲冲地出发了。可是，走到半路的时候，沙宰曼忽然想起有一件东西忘记带了，于是返回王宫去取。没想到刚踏入王宫的大门，沙宰曼就看到了一幕令他感到**羞辱（耻辱）**的景象：自己的王后竟然在和一个仆人约会。沙宰曼非常**愤怒**，他拔出利剑杀死了王后和

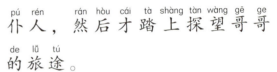

仆人，然后才踏上探望哥哥的旅途。

来到哥哥的王宫后，沙宰曼的心情一直不好，也不爱吃什么东西。哥哥山鲁亚尔想出许多办法想让弟弟高兴，可是，沙宰曼还是高兴不起来。

山鲁亚尔又想出了一个新办法。他说：

"亲爱的弟弟，明天我们一起去打猎，好吗？"

"哥哥，谢谢你的好意，你还是自己去吧，别让我的坏心情影响了你的快乐。"沙宰曼说。

听弟弟这样说，山鲁亚尔也不便多问，就带着队伍打猎去了。忧郁（忧伤郁结，忧虑烦闷）的沙宰曼独自闷闷不乐地坐在哥哥的王宫里。在房间里待闷了，他就打开窗户，恰巧，王宫的花园门也被打开了，他看见哥哥的王后走进花园。

"也许她是来花园赏花吧！"沙宰曼想，可他马上看到了和自己王宫里相似的情景：王后在和男仆约会。他简直不敢相信自己的眼睛。

"哦！原来哥哥这里发生的事情和自己王宫里的事情同样糟糕（指事情或情况不好）。"沙宰曼心想。一直萦绕心头的坏情绪似乎也好了许多。不

久，哥哥打猎回来了。他看到沙宰曼的心情好多了，奇怪地问："弟弟，你的心情好像好了很多，这到底是怎么回事？"

"嗯！好。我告诉你是什么事情让我的心情变坏，又是什么事情让我先前的郁闷一扫而光的。"沙宰曼于是把自己王宫里和在哥哥的王宫里看到的事情也说了出来。

"这……这可能吗？"山鲁亚尔不敢相信这是真的，但自己的弟弟怎么会骗自己呢？为了验证弟弟的话，山鲁亚尔谎称自己又要去打猎，然后躲进弟弟的房间。听说山鲁亚尔又去打猎了，王后便又和男仆来到花园约会。而这一切，都被山鲁亚尔看在眼里，山鲁亚尔气得眼前发黑。从此，他**发誓**要用最严厉的手段惩罚（惩戒；责罚；处罚）世界上所有的女子。

不久，山鲁亚尔发布了一道命令：每天都要一位女子到王宫做他的新娘。可第二天早晨，这个新娘就会被无情地杀掉。听到这样的命令，全国的百姓都吓坏了，做父母的都想方设法把自己的女儿送到别的地方去。三年后，王国里已没有适合做国王新娘的女子了。负责这件事的宰相发愁了，如果找不到合适的人送进王宫，自己就会受到惩罚。

就在宰相不知道该怎么办的时候，他的大女儿山鲁佐德想出了一条妙计。她把**计策**对父亲和妹妹一说，大家都认为这的确是一个能帮助天下百姓的好办法。这天夜里，山鲁佐德来到王宫做山鲁亚尔国王的新娘。

见到国王后，山鲁佐德说："尊敬的国王，我是一个快要死的人了，我很想见见我的妹妹。"国王答应了她的要求，不一会儿，山鲁佐德的妹妹来到王宫，她们当着国王的面互相**道别**。最后，妹妹说："姐姐，我很想最后听一次你讲的故事。"听说要讲故事，国王山鲁亚尔很有兴趣，他非常赞成这个主意。接下来，山鲁佐德就讲起了**漫长**的故事，她的妹妹和山鲁亚尔一起成了听众。一个故事讲完，夜已深

了，山鲁亚尔于是决定允许山鲁佐德第二天晚上接着讲。就这样，山鲁佐德花了一千零一个夜晚，一共讲了一千零一个故事，故事讲完后，山鲁亚尔爱上了山鲁佐德，再也不忍心杀她了。山鲁佐德因此挽救（从危险或不利中救回来）了全国的女子。以下就是她讲的故事。

鉴赏心得

　　山鲁佐德用自己的善良终止了国王的残忍，用自己的智慧挽救了全国女子的性命，她的机智和勇敢让我们钦佩，值得我们学习。

渔夫和魔鬼的故事

名师导读

一个贫穷的渔夫打到了一个铜瓶子，这让渔夫大为惊喜，这个瓶子里装的什么？为什么这个瓶子差一点让渔夫丢了性命？

在海边，生活着**贫穷**的渔夫和他的一家人。每天，渔夫都要到海边打四网鱼。为什么每天只撒四次网呢？这是渔夫的习惯，除了他，可能没有人能说清楚。

这天，渔夫一来到海边，就把渔网抛入大海。几分钟后，渔夫开始收网。啊！渔网很重呀！渔夫把网拖上来一看：网里的东西根本不是什么鱼，分明是一头死毛驴。

渔夫整理好渔网，第二次把网撒入大海。又该收网了，这次的渔网还是很重！可打上来的却是一个装满泥沙的破瓦罐。渔夫很感慨地说："大海呀！我每天只撒四次网，并没有什么贪婪（贪得无厌，不知道满足）之心，请给我一点能填饱肚子的鱼吧。"

渔夫又整理了渔网，深吸了一口气，一扭身把渔网使劲地撒了出去。渔夫打到鱼了吗？没有！第三次打上来的仍是一些**破烂**的瓶瓶罐罐。

渔夫发了一会儿呆，第四次把渔网撒入大海。这次，渔夫想多等一会儿，希望有更多的时间让鱼儿游到网里。

渔夫等了好久，才试探（试着进行探索）着拽了拽手里的网绳。咦？这次渔网还是重重的。

渔网又被拽上了岸，但结果仍然让渔夫很伤心，因为这次打上来的是一个沉沉的大瓶子。看来渔夫一家今天要饿肚子了。渔夫无奈地拍了一下大瓶子，眼前忽然一亮：这可是一个铜瓶子，要是把瓶子拿到市场去卖，一定能卖不少钱！

渔夫把瓶子放在沙滩上，仔细端详（仔细观察，细看，打量）起来。这是一个细嘴大肚子的铜瓶，瓶口紧紧地封着，里面装着什么东西呢？

渔夫摇晃了几下瓶子，感觉不出里面有什么。"打开看一看吧。"渔夫想。瓶子的封口上印着一个符号，但渔夫并没有细看，就用随身带的一把小刀撬起了瓶口上的嵌封。

瓶子被打开了，渔夫把瓶口朝下，摇了摇，想倒出瓶子里的东西。可里面似乎什么都没有。渔夫正感到奇怪，忽然从瓶子里飘出一股黑烟。

哎呀！这是什么？渔夫赶紧往后退了几步，仰头看着飘在空中的黑烟。黑烟在空中并没有扩散，而是在慢慢凝聚（聚集，积聚）。啊？它竟然变成了一个巨大的魔鬼。

魔鬼晃动着房子一样大的脑袋，四处看了看，渔夫见它灯笼一样的眼睛看向自己，被吓坏了！

忽然，魔鬼张开山洞一样的大嘴，雷鸣般地笑了起来："哈哈，万能的所罗门王啊，我终于出来啦！"接着，魔鬼对渔夫说："喂，渔夫，

刚才是你打开瓶子的吧？"

渔夫结结巴巴地说："是……"魔鬼又狂笑着说："多么幸运的渔夫呀！准备去死吧！"渔夫更害怕了，赶紧说："我把你从瓶子里放了出来，你为什么要我死？"魔鬼说："就是因为你放了我，我才要将你碎尸万段。你快选个死法吧。"

这时，渔夫定了定神，不再那么惊慌了。他问魔鬼："魔王啊，我犯了什么罪呢？你总得让我死个明白吧！"魔鬼说："好，我就告诉你。从前，我是个喜欢做坏事的妖精，因为违背（违反，不遵守）了所罗门王的法律，被他抓了起来。"渔夫插嘴说："难怪你从瓶子里一出来，就喊

所罗门王的名字。所罗
门王早就死了一千多年
了……"

魔鬼打断了渔夫的
话："快要死的人，你听
我说。所罗门王想劝我行善，
投入他的门下。可我不喜欢受
管教与约束，就坚决不同意。所罗门王为了惩罚
我，就把我化成烟装在这个瓶子里，又在瓶口
盖上所罗门王的金印，让我永远不能出来。我被
关进瓶子后，又被扔进深深的海底。"

这时，渔夫知道了这个瓶子的来历。

魔鬼接着说："我从被困在海底的第一天起，
就盼望（殷切地希望）着有人来救我。我发誓：如
果谁在一百年内救了我，我就让他一辈子享受荣

huá fù guì　　kě shì yī bǎi nián guò qù le　　wǒ réng rán zài hǎi dǐ　wǒ
华富贵。可是一百年过去了，我仍然在海底。我

yòu fā shì　　rú guǒ zài liǎng bǎi nián nèi yǒu rén jiù le wǒ　wǒ jiù ràng tā
又发誓：如果在两百年内有人救了我，我就让他

huò dé wú shù de dì xià bǎo zàng　　shuō dào zhè lǐ　　mó guǐ kāi shǐ fèn nù
获得无数的地下宝藏。"说到这里，魔鬼开始**愤怒**

le　　liǎng bǎi nián yòu guò qù le　　wǒ hái shì bèi guān zài hǎi dǐ　　yú shì
了："两百年又过去了，我还是被关在海底。于是

wǒ yòu dì sān cì fā shì　zài jīn hòu de sān bǎi nián nèi　　rú guǒ yǒu rén
我又第三次发誓：在今后的三百年内，如果有人

jiù wǒ　wǒ yī dìng mǎn zú tā sān gè yuàn wàng　　kě shì　　yī qiān duō nián
救我，我一定满足他三个愿望。可是，一千多年

guò qù le　　réng rán méi yǒu rén lái jiù wǒ　　wǒ bèi qì fēng le　　fā xià
过去了，仍然没有人来救我。我被气疯了，发下

毒誓：今后，不管是谁救了我，我一定要杀了他。"

渔夫说："魔王啊，是我重新给了你自由！你杀我岂不是忘恩负义（忘记别人对自己的好处，做出对不起别人的事）？"魔鬼怒吼道："趁早放弃逃生的希望吧，我发誓一定要杀了你。"

看来得自己想办法逃生才行！渔夫急中生智，他说："魔王啊！我可以死，但我临死之前想弄明白一件事。"魔鬼催促道："快说！"渔夫说："我一直想不通，这个瓶子还没您的一个脚趾头大，您高大的身体是怎么钻进这个小瓶子里的呢？"魔鬼听了渔夫的话哈哈大笑，说："好，我就变给你看。"说着，魔鬼身体一晃，又变成一股黑烟，一缕一缕地钻进了瓶子。

渔夫看到黑烟全部进了瓶子，迅速拿起地上的瓶子嵌封，死死地盖在了瓶子上。魔鬼这时才知道自己上当了，他又一次被具有魔力的嵌封封在了瓶子里。魔鬼在瓶子里大喊大叫，威胁渔夫赶快把自己放出来。渔夫对着瓶子使劲踢了一脚，

shuō　　　　wǒ jiù le nǐ　　nǐ bú bào dá
说："我救了你，你不报答（用实际行动来表示感谢）

wǒ　fǎn ér yào shā wǒ　wǒ xiàn zài jiù ràng nǐ zài huí dào hǎi dǐ　yǒng
我，反而要杀我。我现在就让你再回到海底，永

yuǎn bú jiàn tiān rì
远不见天日。"

shuō wán　　yú fū jiāng píng zi yuǎn yuǎn de pāo rù le hǎi dǐ
说完，渔夫将瓶子远远地抛入了海底。

鉴赏心得

正义一定能战胜邪恶，对待魔鬼这样凶恶的敌人，不能施加仁慈，不能抱有任何善良的幻想，而要勇敢地斗争，凭智慧和力量去战胜它。

王子与木马

名 师 导 读

国王收到了一匹能带人去往任何地方的木马。为了验证哲人的话的真实性，王子就骑上了木马，那么王子飞到哪里去了？遇到了怎样美好的事情呢？

从前，有一个很有威望（多用于表示声誉和名望）的国王，许多人都想博得他的欢心。

一天，三个哲人来拜见国王，他们每个人都

给国王带了一件礼物。第一个哲人的礼物是每过一小时就会鸣叫一次的金孔雀。第二个哲人的礼物是一个可以直接放在城头的金色号角，一旦有敌人进犯，号角就会自动发出**警报**。"嗯！这两样东西都很好。"国王很高兴地说。接着，他要看第三件礼物。这个礼物是第三个哲人带来的一匹用乌木做的木马。第三个哲人说："这是一匹能把人带到任何地方的特殊的马。"

"哦？是吗？我要分别验证一下这三个礼物是不是像你们说的那样*神奇（奇妙；神妙，奇特）*。"国王说。不一会儿，金孔雀和金号角就得到了验证，效果和两个哲人说的一模一样，于是国王重重地**赏赐**了他们。该验证乌木马了，而这个木马需要有人骑上去才能试出效果。这时，国王的儿子主动骑了上去。这个哲人简单地教了王子使用木马的方法。果然，木马驮着王子**腾空而起**，而且越飞越高，越飞越远，最后竟看不见了。

王子骑着木马一边在天上飞，一边继续学习驾驶木马的方法。很快，他就掌握了全部操作技巧。木马继续往前飞，当飞到一个距离王子的国家很远的一座城市时，王子才让木马缓缓降落到一座宫殿的屋顶上。

下了木马，王子跳到地面想找一点水喝，不料遇到了这个国家美丽的公主。看着突然出现在眼前的**英俊**青年，公主以为是某个前来求亲的王子。王子和公主一见钟情（男女之间一见面就产生了爱情）。一直陪在公主身边的侍卫，看到王子和公主说话，就悄悄地回去把这件事告诉了国王。很快，国王带着许多侍卫把王子包围了。国王问王子："你是什么人？赶快投降。"王子并没有被国王的**威严**吓倒，他说："我是一个高贵的王子。"国王不相信王子的话，要把他抓起来。而王子却要求骑上自己的木马和国王所有的侍卫决斗。国王同意了，并派人把王子一直停在宫殿屋顶上的木马抬了下来。正当大家看着木马感到奇怪的时候，王子骑上木马，一按起飞的按钮，木马驮着王子一下子飞到了空中，一转眼的工夫就消失得无影无踪（没有一点踪影。形容完全消失，不知去向）了。

王子走后，公主就病倒了。

王子很快回到了自己的国家。他把木马降落到国王的宫殿的时候，发现自己的父王正在伤心。王子赶快走过去说："父王，我回来了。"正在为王子担心的国王一见到王子，立刻喜上眉梢。王子把自己经历的事情说了一遍后说道："父王，我非常喜爱那个美丽的公主。"

国王沉思（认真、深入地思考）着没有说话。他想，以后决不能让王子骑着木马乱飞了。哦！对了，那个献木马的哲人因为王子的失踪，还一直被关在监狱里呢，赶快把他放出来。尽管国王重重地赏赐了这个哲人，但哲人的心里仍然很不高兴。王子已经顾不上他们这些事了，他无时无刻不在想念那个美丽的公主。一天清晨，王子趁别人不注意，又骑着木马飞到了公主的国家。

当王子的身影出现在公主的病榻前时，一直躺着的公主立刻坐了起来。他们互相倾诉着思念之情。天已经很晚了，王子要离开公主回自己的国家。他问公主："你能不能和我一起回我的国家？"公主不假思索（用不着想，形容说话做事迅速）就

答应了王子的请求。他们趁周围的仆人没注意，一起骑上木马飞到了空中。等仆人反应过来，已经来不及阻拦他

21

们了。

王子带着公主飞回了自己的国家，降落在距离王宫不远的一个美丽的花园里。王子让公主在花园里休息，自己先回到王宫禀报了国王，请求国王允许他举行隆重的仪式迎接公主进城。国王见到王子又回来了，而且还带回了公主，非常高兴。他立刻派人组织迎接的队伍。王子等不及了，他把事情安排好后，就赶紧到花园去见公主。可当王子赶到花园的时候，公主却不见了。他问花园的侍卫谁来花园了，侍卫说："只有献木马的那个哲人到花园里采过草药。"王子一听，大叫一声"不好"。王子的担心不是没有道理，因为那个哲人被他的父王关进监狱，肯定是他为了报复（打击批评自己或损害自己利益的人），把公主骗走了。

事实的确是这样：哲人来到花园采药的时候，忽然看到了自己的木马，然后又看到一位美丽的公主，他马上明白了王子的所作所为。他知道，王子此刻一定在王宫里做迎接这位美丽姑娘的准

备。哲人眼珠一转，走进公主休息的房间，恭恭

敬敬地说："尊敬的公主，我奉王子的命令，护

送你去距离王宫更近的一个花园。一会儿，王子

迎接你的队伍就要到达那里了。"

公主相信了哲人的话，和他一同上了木马，

飞到了空中。当公主明白自己受骗时，一切都已

经晚了。她被哲人劫持（要挟；挟持）着一直飞到一

个遥远的国度，落到一块草坪上。正在哲人劝公

主跟随自己的时候，这个国家的国王带着侍卫打

猎路过这里，公主马上大声呼救。

国王了解事情的真相后，就把

哲人打入了监牢，把公主

23

带回王宫，想让她做自己的妃子。

王子知道公主是被哲人骗走的，就带了足够的盘缠，四处寻找心爱的公主。有一天，他在一个旅店休息的时候，听见人们议论一只木马的事情，还有那个被下狱的哲人，以及美丽的公主。可有人说，那个公主是个疯子。王子详细地询问了情况，心想：公主一定是为了保护自己在装疯，我一定要想办法找到公主。

第二天，王子又跋涉（形容路程异常艰苦）了一天，终于在黄昏时分来到了这个国家的王城。可是按照规定，黄昏时分，外地来客一律不许求见国王。守城的士兵让王子暂时留在监狱里休息。

士兵在问王子话的时候，发现王子和被关起来的哲人的口音一样，就提到了哲人的事情。王子于是请求见一见**哲人**。看守监狱的士兵对王子很有好感，就同意了他的请求。

哲人一见到王子，立刻承认了自己的错误，并和王子一起制订出营救公主的计划。天亮了，监狱的士兵向国王报告说，昨天有个人要见国王，因为太晚了，就被安置在监狱里了。国王听了，命令把人带上来。见到国王后，王子**恭恭敬敬**地说："尊敬的国王陛下，我是个医生，会治疗各种疯病。我很愿意为你们国家的人民服务。"

听说眼前的人能治疯病，国王高兴极了，他邀请王子给公主治病。国王把王子请到公主休息的房间，王子看到披头散发（头发长而散乱，形容仪容不整）的公主，走过去悄悄和公主说话。这时，正在装疯的公主也认出了王子，她一激动，竟然昏了过去。国王以为是自己吓昏了公主，急忙退了出去。趁这个机会，王子叫醒了公主，并小声对公主说了自己的计划。他们商量好后，王子出来见国王，告诉了国王自己为公主制定的"治病方案"。国王听了马上让随从们按王子说的去准备。

王子命令侍女为公主沐浴，又给公主穿上最美的衣裳，再由人带着来见国王。国王见到清醒很多的公主，立刻大喜，马上要求王子继续为公主治病。王子说："要想治好这个姑娘的病，一定要从那个木马开始。"

国王马上命令侍卫抬来那只木马。这时，王子又对国王说："请把木马和公主都带到以前发现他们的那片草地上。"国王同意了。到了草地，王子让公主骑到木马上，并让众人远远地躲开，然后嘟嘟囔囔地假装念咒语。一边向木马的方向走，一边假装比画着，等到了木马跟前，王子突然一下子骑到木马上，按动按钮驾驶着木马腾空而起，向自己的国家飞去。

可这时的国王仍然没有反应过来，他还以为王

zǐ shì gè wū shī ne   tā zài dì miàn shàng děng a děng a   děng le hǎo
子是个巫师呢！他在地面上等啊等啊，等了好

jiǔ   yě méi děng dào wáng zǐ hé gōng zhǔ huí lái   zuì hòu zhǐ hǎo yí hàn
久，也没等到王子和公主回来，最后只好遗憾（因

de huí wáng gōng qù le
未能称心如愿而惋惜）地回王宫去了。

ér qí zhe mù mǎ de wáng zǐ hé gōng zhǔ ne   cǐ shí zhèng xiàng tā
而骑着木马的王子和公主呢，此时正向他

men de xìng fú fēi qù
们的幸福飞去！

　　真诚的王子和美丽的公主经历挫折后飞向了幸福，这说明真诚和善良最终还是能拥有美好的东西的，而丑恶最终都是会遭人厌恶和唾弃的。

shāng rén hé mó guǐ
商人和魔鬼

名 师 导 读

魔鬼为什么要商人偿命？商人是怎样对付这位残忍的魔鬼的？三位善良的老人是怎样救出商人的？

yī gè yán rè de zhōng wǔ　　yī gè shāng rén zhèng zài　jí cōng cōng de
一个炎热的中午，一个商人正在急匆匆地
gǎn lù　jiù zài tā yòu jī yòu kě de shí hou　　tā kàn dào lù biān yǒu yī
赶路。就在他又饥又渴的时候，他看到路边有一
kē kě yǐ nà liáng de dà shù　　yú shì jiā kuài jiǎo bù zǒu guò qù zuò zài shù
棵可以纳凉的大树，于是加快脚步走过去坐在树
yīn xià　　tā yī biān xiū xi　　yī biān chī zhe dài lái de gān liang hé yē zǎo
荫下。他一边休息，一边吃着带来的干粮和椰枣。

ài　　rén zài jī è de shí hou chī shén me dōu láng tūn hǔ yàn
唉！人在饥饿的时候吃什么都狼吞虎咽（形
róng chī dōng xi yòu měng yòu jí de yàng zi　　dāng shāng rén bǎ zuì hòu yī gè yē zǎo chī
容吃东西又猛又急的样子）。当商人把最后一个椰枣吃

完，把枣核扔出去的时候，突然，一个手拿利剑的魔鬼跳了出来。

"可恶的商人，你为什么用尖尖的椰枣核打死我的儿子。你要偿命。"魔鬼吼道。

啊？真是天大的冤枉呀！商人刚才的一切举动都是无意的。可是，无论商人怎么解释，魔鬼根本不听，他执意要杀掉商人。

看来自己是非死不可了。商人没有办法，只好请求说："魔鬼大人，我可以为你的儿子偿命，但请你让我回家和家里的人道个别，行吗？我发誓，明年元旦一定回到这里找你。"魔鬼想了想说："行！明年元旦的时候你一定要回来偿命。"商人连连点头。离开魔鬼，商人立刻动身回了家，他很快处理好了家里的事情。家人知道这件事后，都伤心极了。

时间过得真快，一转眼就快到元旦了。为了遵守诺言，商人离开了难舍难分（形容感情很好，不愿分离）的家人，匆匆赶往上次出事的地点。当

shāng rén gǎn dào nà kē dà shù xià de shí hou　　zhèng hǎo shì yuán dàn　　xiǎng
商人赶到那棵大树下的时候，正好是元旦。　想

dào zì jǐ kuài yào sǐ le　　shāng rén fàng shēng dà kū qǐ lái　　tā de kū shēng
到自己快要死了，商人放声大哭起来。他的哭声

yǐn lái le yī wèi qiān zhe líng yáng de lǎo rén　　lǎo rén qí guài de wèn　　kě
引来了一位牵着羚羊的老人，老人奇怪地问："可

lián de rén　　nǐ wèi shén me zhè me shāng xīn　　shāng rén tái tóu kàn le kàn
怜的人，你为什么这么伤心？"商人抬头看了看

lǎo rén guān qiè de miàn róng　　jiù bǎ zì jǐ de zāo yù duì lǎo rén jiǎng le
老人**关切**的面容，就把自己的遭遇对老人讲了。

lǎo rén diǎn le diǎn tóu shuō　　hǎo　　wǒ zuò zài zhè lǐ péi zhe nǐ　　kàn kàn
老人点了点头说："好！我坐在这里陪着你，看看

yī huì er mó guǐ zěn me duì dài nǐ
一会儿魔鬼怎么对待你。"

shāng rén xiǎng dào zì jǐ de mìng yùn　　yòu
　　　商人想到自己的命运，又

bēi shāng　　yòu hài pà　　jìng rán hūn le guò
悲伤，又害怕，竟然昏了过

qù　　xǐng lái de shí hou　　tā fā
去。醒来的时候，他发

xiàn zì jǐ de shēn biān jìng rán yòu
现自己的身边竟然又

duō le liǎng wèi lǎo rén　　qí
多了两位老人。其

zhōng yī wèi lǎo rén qiān zhe
中一位老人牵着

liǎng tiáo gǒu　　lìng yī wèi
两条狗，另一位

老人牵着一头骡子。他们听说商人的遭遇（遇到的事情）后，也都主动留了下来，陪着商人等魔鬼。

魔鬼终于来了，他一看到商人，立刻抽出寒光闪闪的利剑准备动手。这时，商人又大哭起来，旁边的三位老人也跟着哭了起来。可哭是保不住商人性命的。第一位老人在哭的时候，忽然想出一个办法。他对魔鬼说："尊敬的魔鬼大王，在你杀商人之前，我想给你讲一个故事，如果你认为我讲得很离奇，就把商人三分之一的性命送给我，如何？"魔鬼想了想说："行，但一定要离奇才行。"

"没问题。"这位老人看了一眼自己牵着的羚羊讲了起来。

他说:"你们看,这只羚羊其实是我的妻子。我们结婚大概有三十年了,可一直没有孩子。为了要个孩子,我只好又娶了第二个妻子。没过多久,第二个妻子就给我生了个儿子。我很满意(意愿得到满足,符合心愿)!可是就在我儿子十五岁那年,我的第一个妻子趁我外出经商的时候,用她以前学过的法术,将我的儿子变成了一头牛犊,又将我儿子的亲生母亲变成了一头母牛,并把他们送给了牧人。当我回家后,发现儿子和他的妈妈都不见了,急得到处找,可是却不知道到哪儿才能找到他们。

"到了宰牲节的时候,我到牧人那里挑了一头肥牛准

备过节。其实这头牛就是我的第二个妻子。可当时我并不知道，只是在杀了牛之后，发现这头牛除了皮和骨头之外，一点儿肉都没有。我就把牛皮拿到牧人那儿换了一头小牛。想必大家都能猜到，这头小牛就是我的儿子。我看见这头小牛总觉得很亲切（形容人热情而关心，态度亲近），尽管我的第一个妻子一直劝我杀了小牛，可我还是让牧人把小牛带走了，我想换一头其他的小牛。

"第二天，牧人告诉我，他的女儿也懂法术，当她看到牧人牵回的小牛后，立刻认出这头小牛是人变的，并且很快了解了事情的全部经过。听到这个消息，我赶快请牧人的女儿帮忙。不久，我的儿子又变回了人的模样。而我的第一个妻子则被变成眼前的这只羚羊。"

"你的故事的确很离奇，我把商人三分之一的性命给你了。"魔鬼听完第一位老人的故事后说。

看到讲故事可以救商人的命，第二位老人也要给魔鬼讲故事。他指了指自己牵着的两条狗说："魔鬼大王，你看，这两只狗其实是我的两个哥哥。我们年轻的时候，父亲就去世了，并留给我们兄弟三人每人一千第纳尔作遗产。我用自己的钱开了个小店做生意。我大哥和二哥却非要

到外面去闯世界，结果没过多久就身无分文（身上一分钱也没有，比喻穷困潦倒）地回来了。幸亏我的小店经营得不错，我就用自己赚的钱帮他们分别开了一个小店。六年之后，我们三个又都有钱了。

这时，我的两个哥哥又想到外面去做生意。在他们的强烈要求下，我也加入了他们的行列。

这次，我们赚了很多钱。另外，我还遇到了一个可怜的女奴。女奴请求我帮助她，我就把她带到我们的船上。女奴很感激我，为了报答我，就做了我的妻子。

可万万没想到，在海上航行的时候，我的两个哥哥竟然对我的钱财和妻子产生了邪念（不正面的思想，不正当的念头），要在一个晚上杀掉我。在这**万分危急**的时刻，我的妻子忽然变成一个仙女，把我带到了一个岛上。

"仙女后来把我送回了家乡。在家里，我看到了两条狗。这时，仙女告诉我这两条狗其实是我的两个哥哥。这件事距今已经十年了，我现在就是要去找仙女，请求她解除两个哥哥身上的法术。"

"这个故事也不错，我也把商人三分之一的性命给你了。"魔鬼听完第二位老人的故事后说。

这时，第三位老人指着自己牵的骡子说："我也有个很离奇的故事。"魔鬼示意（特指用表情、动作、含蓄的话或图形表示意思）让他讲下去。第三位老人于是讲了起来：

"其实，这头骡子是我的妻子。有一次，我外出办事，整整一年没有回家。等我办完事回家，却发现我的妻子和别人过上了日子。我正要和她理论，这个**狠毒**的妇人竟然用法术把我变成了一条狗，还把我一脚踢出家门。**无家可归（没有家可回，流离失所）**的我只好到处流浪。一天，路过一家肉铺的时候，我发现一根被扔掉的骨头，立刻不顾一切地啃了起来。肉铺的主人见我可怜，就把我带到他的家里。

"你们看，作为一只狗，我是不是已经很幸运了。但更幸运的是，在我的新家里，肉铺主人的女儿一眼就看出我是人变的，于是马上用法术把我变回了原来的模样。

"我决定惩罚我的妻子，便请求肉铺主人的女儿教我一个法术。一天晚上，我趁妻子睡觉的时候，把这个可恶的女人变成了眼前的这头骡子。"第三位老人说到这里，还问骡子："我说得对不对？"骡子立刻点了点头。这时，魔鬼很满意地对第三位老人说："很好，这个商人最后三分之一的性命就分给你吧。"

说完，魔鬼变成黑烟飞走了，商人的性命也

yīn wèi sān wèi lǎo rén lí qí de gù shi ér bǎo zhù le

因为三位老人离奇的故事而保住了。

shāng rén duì sān wèi

商人对三位

lǎo rén qiān ēn wàn xiè　　　sān wèi lǎo rén shuō　　　zhè shì duì nǐ píng shí kāng

老人**千恩万谢**，三位老人说："这是对你平时慷

kǎi　　　　　　　　　　　　bāng zhù bié rén de huí bào　　　　　shuō wán　　　tā men

慨（大方，不吝啬）帮助别人的回报。"说完，他们

jiù yī xià zi xiāo shī le

就一下子消失了。

善有善报，恶有恶报。我们不要小看平时的小善，不要因小善而不为，做小善，积大德，故事中的商人就是典型的例子。

guó wáng yǔ yī shēng
国王与医生

名师导读

一位知识渊博的医生听说国王得了疥疮，就主动找上门来。最后这个医生为国王治好病了吗？他用什么办法治的？

作为古罗马时期的国王，郁南有着显赫的声望（众所仰望的名声）与权势，但是他并不快乐。郁南国王把国家治理得还算太平，可自己却偏偏得了一种皮肤病——疥疮，怎么医治也不见好。国王每天身上都奇痒无比，被折磨得死去活来。

"找医生！去找医生！快去找医生！"

国王下了一道又一道命令，请来一个又一个医生，但病情一点儿也不见好转！

这可怎么办呀！国王每天吃的药甚至比吃的饭还多。可有什么用呢？还得想办法找医生治疗。

国王派出无数官员到全国各地寻访（访求寻找）

名医，甚至跑到别的国家寻找。找啊！找啊！一直找了好长时间，还是没找到能治好国王病的人。

一天，一个知识渊博的医生偶然来到郁南所在的王城。他在街上给人看病的时候，听到国王求医的事情。"唉！一个国王要是不能安心处理国家大事，那怎么行呢？我得主动去王宫看一看，何况治病救人是医生的天职。"想到

此，这个医生就跑去王宫求见国王。

哎呀！有医生主动上门来看病，这可是郁南国王最盼望的事！国王立刻派人到大殿外面去迎接。

医生见到国王，认真地检查了他的病情，然后说："陛下，您的病没有什么大碍。以前一直治不好，是因为没有对症下药（针对病症用药。也比喻针对事物的问题所在，采取有效的措施）。"听了医生的话，国王大喜，连忙问："这么说你能治好我的病了？"

医生点了点头，说："我不但能治好国王的病，而且您不用吃药和搽任何药膏。"

一听说能治好病，还不用吃药，国王更高兴了。国王请医生赶快动手治病，医生却摆了摆手说:"陛下,我治病需要您的**配合**才能完成,请先给我一天的时间准备一下。""没问题!病了这么长时间,终于有人敢保证能治我身上的奇痒了,等一天时间不算什么,再痛苦我也能忍!"国王马上请医生去准备。

医生离开国王,立即赶往市场和药店,买了一根打球用的新球杆,又买了一些草药。然后回到自己住的旅店,医生把新球杆的实心部分掏空,将买来的草药捣成粉末倒进空心的球杆里,再把球杆开口的地方仔细封好,完成了治病前的准备工作。

第二天，国王眼巴巴地等来了医生，可没想到医生什么医疗器械都没带着，甚至连个药箱都没拿。更让国王摸不着头脑（指弄不清是怎么回事）的是，医生竟然扛着一根球杆，这是为什么呢？

国王想起了医生说要他好好儿配合的话，于是按照医生的要求接过球杆，组织手下的官员进行了一场激烈的球赛。这场球赛下来，国王浑身是汗，身上的奇痒也减轻了不少。医生请国王赶快回宫洗一个热水澡，然后再美美地睡上一觉。

第二天，国王的病真的好了。真是太神奇了！医生是怎么治病的呢？原来，国王拿着球杆打球时，手一出汗，球杆里的药粉就顺着手心进入了身体，药就起到了作用，再洗个热水澡休息后，病也就好了。

国王康复后，重赏了医生，还将医生当作自己的亲信加以重用。看到医生受宠，一个大臣嫉妒了。这天，大臣对国王说："陛下，臣很为您目前的安危担忧。"听了大臣的话，国王很迷惑（迷乱，辨不清是非，摸不着头脑）。大臣接着说："陛下，您正在尊重和优待一个危险的敌人。"国王更糊涂了，大臣说的敌人是谁呀？大臣继续说："陛下，这个敌人不是别人，正是您宠幸的医生啊！"

这时，国王觉得虚惊一场，他数落大臣说："你这个人居心何在？我病了这么久，你又不是不知道，要不是这个医生，我不知还要受多少罪。人家治好了我的病，怎么能是我的敌人呢？这分明是你在挑拨离间。"

说着，国王使劲瞪了一眼大臣，他讲了一个《辛伯达国王和猎鹰》的故事警示大臣：

在一个很远的地方，有个喜欢打猎的国王。当朝中无事的时候，国王总会带着他的手下到处打猎。每次打猎的时候，国王总要带着自己心爱的猎鹰。这只猎鹰是国王的宝贝，国王几乎和它**形影不离**（形容彼此关系亲密，经常在一起）。国王还特制了一只金碗，挂在猎鹰的脖子上，以备猎鹰口渴时喝水用。

一天，天气十分晴朗，司管猎鹰的大臣对国王说："陛下，现在正是出猎的好时候。我们是不是应该去打猎？"

国王对大臣的建议很满意。经过简单的准备，打猎的队伍出发了。他们在荒野之中行进，不时捕获一些猎物。忽然，一只羚羊进入了国王的视线。国王马上放出猎鹰，让它从空中出击，自己也奋力催马前去追赶。这只羚羊跑得很快，国王和猎鹰费了好大的劲才把羚羊**制伏**。羚羊虽然被制伏了，但国王也累得浑身是汗，口渴难耐。但此时，国王的卫队被远远地甩在后面，而这里是一望无际（一眼望不到边，形容很辽阔）的荒野，到哪儿能找到水呢？

国王一抬头，看见在前面不远的地方，有一棵枝叶茂盛的大树，于是他带着猎鹰来到树下。国王惊喜地发现，这棵树的树叶上正往下淌水呢！这可真是及时雨呀！国王立刻解开系在猎鹰脖子上的金碗去接水。不一会儿，就接了一碗清澈的水。

国王端起金碗刚要喝，猎鹰突然扇起翅膀将金碗打翻。国王先是一愣，又一想，一定是猎鹰也想喝水，不小心打翻了碗。国王赶快又接了一碗水，递到猎鹰的面前。谁知，猎鹰又将金碗打翻了。猎鹰今天是怎么啦？国王认为猎鹰可能是心情不太好，于是又接了第三碗水给马喝，猎鹰却第三次将金碗打翻了。

国王发怒了，他拔出佩剑说："畜生，你不让我喝水，我让你喝你又不喝，给别人喝你还不同意，只会捣乱（*存心跟人找麻烦，扰乱别人*）的东西，我要你干什么？"说着，国王一剑砍了下去，猎鹰的翅膀断成了两截，猎鹰躺在地上挣扎着，努力地将头高高抬起，示意国王往树上看。国王抬头一看，不禁倒吸了一口凉气。他看到一条巨大的毒蛇，正盘踞在枝叶间张着嘴巴睡觉。国王自己刚才接的不是什么水，而是蛇嘴里流出来的毒液。国王很后悔砍伤了猎鹰，可是已经晚了，猎鹰死了……

国王对大臣讲完了辛巴达国王和猎鹰的故事后，对大臣说："你难道想让我重复辛巴达国王的错误吗？我怎么能去冤枉一个给我治好病的医生呢？"大臣回答说："的确，这个医生只让您握了握球杆就治好了您的病。可陛下想过没有，要是这个医生明天再让陛下握一握别的东西，会不会就要了您的命呢？"

国王觉得大臣的话有道理，自己怎么没想到这一点呢？这样一想，国王被吓出一身冷汗。看到国王已经把自己的话放在心上了，大臣继续煽风点火（比喻煽动别人做坏事）说："陛下，您再想一想，您以前找了很多医生，都没有顺利地治好病。而这个医生，只用了一天的时间就让您的病好了。我看这件事不简单，他医术高明，很

可能是为了取得您的信任而事先安排好的，说不定这人是一个奸细。"对呀，这个医生一定是个奸细！国王越想越觉得大臣说得有道理，于是他立即召见了医生。

见到国王后，不明真相的医生感觉气氛有点不对。还没等医生说话，国王就生气地说："你这个家伙，我一直以为你是真心为我治病，没想到你竟然假借给我治病来取得我的信任，然后想找机会杀了我。你是不是还想霸占我的王位？说！"医生怎么也没料到国王会说出这样的话，他真是冤枉啊！医生赶紧解释说："陛下，我要是想害您，为什么不在您打球的时候

害了您呢？一定是别人嫉妒您对我的信任，说了关于我的谗言（诽谤或挑拨离间的话）。我说得对吧？"

国王一听，这个医生不但手段高明，心思也很细密，果然不是一个好控制的人，必须杀了他。

不管医生怎么解释，糊涂的郁南国王已经把医生看成了绝对的敌人。这时，许多大臣纷纷来向国王求情，可国王却一概不理。在刑场上，医生知道自己性命难保，就对着王宫高喊："国王啊！我既然是为了国王而死，那就让我最后一次把自己的才华奉献给您吧！"国王想："像医生这么聪明的人，也许真藏着什么好本事。"他赶快让卫兵把医生带回宫殿。国王问："你还有什么本领能为我效劳？"医生说："陛下，你杀了我，难道不怕自己的病再复发吗？"

"这……"这一点国王还真没想到。没错！要是把医生杀了，自己旧病复发可怎么办呢？国王有点犹豫了。

那个说坏话的大臣一看情形不对，赶快跑到国王的耳边说："陛下别担心，您上次治病的球杆不是还在吗？有了球杆还怕旧病复发？"

"对！太对了！医生分明是想要挟（利用对方的弱点，胁迫他人满足自己的要求）我饶了他的性命！"想到这儿，国王一挥手，示意杀了医生。看到国王如此绝情，医生赶紧说："陛下，我要奉献给您的东西还没说呢，我要奉献给您一部奇书。"奇

书？国王相信医生是一个饱读各种书籍的人。他马上追问医生是什么奇书。医生说："我有一本能让人长生不老的奇书，现在留着也没用了，不如把它奉献给您，但您得容我回家整理一下，明天我就把全部的书稿都给您带来。""好吧！看在书的份上，让医生再多活一天。国王命令卫士把医生送回家，并团团围住医生的房子，防止他逃跑。

第二天，医生被押解（押送犯人或俘虏）着来见国王，他的确带着一本厚厚的书。国王从卫士的手里接过书，伸手刚要翻，却被医生喊住了："陛下，在我行刑之前，千万不能打开书。否则，书就会失去神奇的魔力。""那什么时候打开？"国王问。

"待一会儿行刑之后，请把我的头放在您的面前。然后，我会告诉您如何看这本书。"国王怕这本奇书发挥不了神奇的作用，就马上挥手，示意行刑。

行刑结束后，国王对着医生的头**急切**地翻开书的第一页，怎么是空白页呢？再往下翻一页，还是空白页。

"这书怎么没文字？"国王问。医生回答说："别着急，下一页就有字了。"国王很着急，生怕医生的头一会儿不说话了。可是越是慌乱，就越难打开本来就发黏的书页。国王此刻顾不得自己高贵（指地位特殊、生活优越）的身份，为了尽快捻开下一页纸，他只好将手指放到嘴里蘸着口水翻书。一页，又是一页，连续翻了十几页，看到的还是空白。国王着急了，他想站起身对着医生的头追问，可身体却怎么

也站不起来了。国王的呼吸越来越**急促**，不一会儿竟然倒在地上死了。

原来，医生回家后，用毒药浸泡了一本没有字的书。国王蘸着口水翻阅有毒的纸，怎么能不中毒呢？看到国王得到了应有的下场，医生也闭上了眼睛。

鉴赏心得

　　国王轻信谗言，不但害了别人，也害了自己。所以生活中的我们要多学知识和经验，要有辨别是非的能力。

阿拉丁和神灯

一个魔法师带着贫穷的阿拉丁到一个奇妙的地方，这个地方可以让他们变得富有。那他们到底去了一个什么地方？阿拉丁最后变得富有了吗？

在一个很古老、很有名气的城市里，住着一对贫穷的母子。母亲是一个心地善良的人，每天依靠纺线卖钱维持生活。儿子是个调皮（爱玩爱闹，顽皮，不听劝导）的年轻人，名叫阿拉丁。

一天，从很远的地方来了一个魔法师，他刚走进这座城市，就遇到了阿拉丁。在以后的几天里，魔法师一直偷偷地观察阿拉丁，并不断向周围的人打听阿拉丁家里的情况。当他把阿拉丁了解得差不多时，就找到阿拉丁，假装激动地说："孩子，你不认识我了吗？我是你父亲的哥哥呀！"对于这个突然出现的伯父，阿拉丁感到很奇怪，但魔法师并没有过多地解释，而是掏出一

bǎ jīn bì sāi gěi ā lā dīng shuō　　kuài qù tōng zhī nǐ mā ma　　jiù shuō nǐ
把金币塞给阿拉丁说："快去通知你妈妈，就说你

bà ba de qīn gē ge huí lái le　　míng tiān yào qù kàn wàng
爸爸的亲哥哥回来了，明天要去看望（到长辈或亲友

tā
处问候）她。"

ā lā dīng pěng zhe jīn bì huí dào jiā　　tā de mā ma yě gǎn dào hěn
阿拉丁捧着金币回到家，她的妈妈也感到很

qí guài　　nǐ bà ba yǐ qián què shí yǒu gè gē ge　　bú guò yǐ jīng sǐ
奇怪："你爸爸以前确实有个哥哥，不过已经死

le　　méi tīng shuō yǒu qí tā xiōng dì ya
了，没听说有其他兄弟呀！"

zhè tiān wǎn shàng　　mǔ zǐ liǎ tán lùn de huà tí jiù shì zhè gè mó
这天晚上，母子俩谈论的话题就是这个魔

fǎ shī
法师。

dì èr tiān　　mó fǎ
第二天，魔法

shī qīn zì shàng mén bài fǎng
师亲自上门拜访

le　　yī jiàn dào ā lā dīng
了。一见到阿拉丁

de mā ma　　tā jiù liú chū
的妈妈，他就流出

liǎng háng yǎn lèi　　ràng ā lā
两行眼泪，让阿拉

dīng hé mā ma bù dé bù xiāng
丁和妈妈不得不相

xìn yǎn qián zhè gè rén dí què
信眼前这个人的确

shì bà ba de yī gè gē
是爸爸的一个哥

ge　　mó fǎ shī liǎo
哥。魔法师了

jiè dào ā lā dīng jiā
解到阿拉丁家

里很贫困，就决定帮助阿拉丁尽快成为一个有钱的商人。

从这天开始，魔法师经常带着阿拉丁四处走动，拜访名流（知名人士，名士之辈），买名贵的衣服，还教他做生意的方法。甚至，魔法师还答应要给阿拉丁开一个大商店。就这样，没用多长时间，魔法师就取得了阿拉丁一家的信任。这天，魔法师对阿拉丁说："侄子，今天我带你去一个绝妙的地方，这个地方对我们两个人的一生都很重要。"

咦？有这么好的地方？阿拉丁满怀希望地跟着魔法师出了城，走过一个又一个村庄，一片又一片花园般的田野，不知过了多久，他们来到一座险峻的山谷里。魔法师在一处空地上坐下来，点燃一些树叶，嘴里嘟嘟囔囔地说着咒语，然后从随身带来的小瓶里倒出一些粉末，往火堆里一扬。只听"轰"的一声响，地面上出现了一个带着铜拉环的石板。正当阿拉丁惊愕（吃惊而发愣，非

（非常震惊）的时候，魔法师说话了："亲爱的侄儿，你拉开这扇门进去，到里面找到一个油灯，然后带到地面上。这样我们以后就会非常富有了。"说完，魔法师还给阿拉丁带上一枚能**保佑**他安全的戒指。

阿拉丁拽着铜拉环拉开石板，果然看到一个地洞。他本来不敢下去，但看到魔法师严肃的表情，只得硬着头皮下去了。

阿拉丁沿着长长的台阶下到洞里，一下子惊呆了，因为这里到处都是闪闪发光的东西。但他并不认识那些无价的珍宝，只想着魔法师交给自己的任务，径直走到最里面找到了油灯。他把油灯放到怀里，向外面走去。看到那些光闪闪的东西很好看，阿拉丁便一边走，一边往怀里装，不一会儿，他的怀里就揣满了珠宝。他来到洞口，呼唤魔法师。魔法师说："好孩子，先把油灯递上来。"可油灯放在衣服的最里面，外面有许多东西挡着。阿拉丁就说："现在不行，我上去再给你。"魔法师一听，以为阿拉丁不想把油灯交给自己了，就**发怒**了，竟一下把洞口给封住了。阿拉丁被关在里面，魔法师把地面恢复原样后，转身走了。

　　阿拉丁在洞里非常害怕，可不管他怎样大喊大叫，外面也没人应声。他急得直搓手，无意间，手指擦动了魔法师给他戴上的保佑戒指。一个巨神忽然出现在他面前，对阿拉丁说："主人你好，我是戒指神，我愿意听您的调遣（调动派遣）。"阿拉丁一时被吓坏了。过了好一会儿，才平静过来，明白了这个戒指的威力。他对戒指神说："我要到洞外去。"他的话刚说完，就发现自己已经来到洞外，戒指神则随着任务的完成而消失了。

阿拉丁回到家已经是几天之后的事儿了。他一进家门就看到妈妈正为自己的失踪（去向不明，找不到踪迹）哭泣呢！等阿拉丁把自己的遭遇和妈妈说了，他的妈妈才明白，原来魔法师一直在骗人。阿拉丁和妈妈都很饿，却又没钱买东西吃。他们不知道阿拉丁带回来的那些都是珠宝，认为自己仍然很穷。妈妈看到阿拉丁带回的油灯，说："这么远带回一个破油灯有什么用，等我擦亮了拿到外面去，看能不能换点吃的东西。"

阿拉丁的妈妈拿着一块抹布，在油灯上一擦，"呼"的一下，凭空突然出现了一个巨神，对母子二人说："神灯的主人，我是灯神，随时听

cóng nín de fēn fù
从您的吩咐。"灯神刚一出现，阿拉丁的妈妈就

bèi xià yūn guò qù le
被吓晕过去了。阿拉丁有过戒指神的经历，这次

bìng méi hài pà
并没害怕，反而明白了这盏油灯其实是个神灯，

nán guài mó fǎ shī
难怪魔法师费尽心机（挖空心思，想尽办法）地要得

dào tā ne
到它呢。于是他对灯神说："我要丰美的食物。"

灯神领到命令，不一会儿就用银盘子给阿拉丁端来许多食物，然后就消失了。阿拉丁叫醒妈妈，母子俩美美地吃了一顿。听了阿拉丁的解释，他的母亲也平静了下来。这回好了，每当他们母子没吃的东西了，就让灯神送来，没钱的时候，阿拉丁就把灯神送饭用的银盘子卖了换钱，他们的生活渐渐有了**着落**。

因为有了钱，阿拉丁有机会出入各种商店，这时他才明白自己带回的闪光的东西原来都是**无价之宝**（无法估价的宝物，指极珍贵的东西）。

一天，阿拉丁走在街上，无意中遇到

公主从这里经过，他立刻被公主的美貌打动了。从此，他吃不下饭，睡不好觉。母亲一问才知道，自己的儿子爱上了公主。阿拉丁求母亲去国王那儿求亲。天哪！一个贫民怎么能娶到公主呢？阿拉丁拿出先前从洞里带回的珠宝，**整整齐齐**地装在几个精美的盒子里，让母亲献给国王作为求亲的礼物。母亲只好来见国王。

国王见到阿拉丁的礼物，非常欢喜，经过一番思考，决定把公主嫁给这个富有的平民。不过，他要先召见这个未来的女婿，看看他合不合格做驸马。

阿拉丁知道这个消息后立刻擦了擦神灯唤出灯神，命令他为自己沐浴更衣，准备华丽的服装和**豪华**的马车。

当**神采飞扬**（形容兴奋得意，精神焕发的样子）的阿拉丁带着众多礼物出现在王宫门口的时候，国王乐得都坐不住了，立刻答应了阿拉丁和公主的婚事。阿拉丁**借机**向国王请求：要在王宫对面

的空地上建一座

驸马宫殿，这样

公主就可以经常

回王宫看父母了，

国王同意了。

回到家里，阿

拉丁马上命令灯神在

王宫对面建一座宫殿。灯神

领命后只用了一晚，就建造了一座辉煌的宫殿。

第二天一早，国王看到突然出现的新宫殿，

简直不敢相信自己的眼睛。他太高兴了！决定马

上举行婚礼。在一阵热闹的乐曲声中，阿拉丁和

公主结成了美满的姻缘。从此，阿拉丁和公主过

上了幸福的生活。

但是，阿拉丁并不是一直无忧无虑（没有一点

忧愁和顾虑，形容心情安然自得）。我们别忘了那个诡计

多端的魔法师。就在阿拉丁过上幸福生活后不

久，这个魔法师在家乡用巫术算出了阿拉丁还活

着，并算出阿拉丁用神灯带来的福气娶了美丽的公主，他气坏了，发誓要把阿拉丁所有的幸福夺过来。

魔法师又出发了，直接来到了阿拉丁居住的城市。他先到市场买了十二盏崭新的油灯，又把自己装扮成卖油灯的小贩，整天围着阿拉丁的宫殿转。一边转还一边吆喝着："快来呀！旧灯换新灯啦！"

一天，阿拉丁带着家丁外出打猎，只剩下公主和侍女待在家里。一个侍女听到魔法师在吆喝叫卖，觉得有意思，就对公主说："公主，我们家不是有盏旧油灯

吗？干吗不换一盏新的呢？"

从来不知道神灯法力的公主，觉得侍女的话很有道理，就把神灯拿出来，让侍女去换了一盏普通的新油灯。魔法师把神灯一换到手，转身就走。他急匆匆走到城市的外面，看到左右没人，欣喜若狂（形容高兴到了极点，也指十分高兴的样子）地拿出神灯一擦，对出现的灯神说："快！把阿拉丁的宫殿连同公主一块儿搬到我的家乡去。"灯神领命后消失了。当天夜里，阿拉丁原来的宫殿竟变成了一片荒地。这个场景最先被早起的国王发现了。他本来想一早起来去看女儿，没想到一夜之间女儿和她的宫殿竟都消失得无影无踪。

这一定是阿拉丁在搞鬼。国王派人将正在打猎的阿拉丁抓了回来。不知情的阿拉丁一见到眼前的景象也惊呆了。他发誓：一定要找回美丽的公主。

阿拉丁来到城外，可到哪儿去找公主呢？阿拉丁擦了一下戒指，戒指神立刻出现了。阿拉丁

shuō　　　qù bǎ wǒ de gōng diàn hé gōng zhǔ zhǎo huí lái　　　jiè zhǐ shén shuō
说："去把我的宫殿和公主找回来。"戒指神说：

duì bù qǐ　　wǒ de fǎ lì bàn bú dào zhè xiē　　　bú guò wǒ kě yǐ dài nǐ
"对不起，我的法力办不到这些，不过我可以带你

qù jiàn gōng zhǔ　　　nà yě xíng a　　yī zhǎ yǎn de gōng fu　　ā lā dīng
去见公主。"那也行啊！一眨眼的工夫，阿拉丁

jiù zuò zhe fēi tǎn lái dào le mó fǎ shī de jiā xiāng　　xìng hǎo　　mó fǎ shī
就坐着飞毯来到了魔法师的家乡。幸好，魔法师

bú zài　　ā lā dīng jiàn dào le gōng zhǔ　　gōng zhǔ kàn jiàn ā lā dīng jiù dà
不在，阿拉丁见到了公主。公主看见阿拉丁就大

kū qǐ lái　　ā lā dīng yě hěn jī dòng　　dàn tā méi wàng jì hé gōng zhǔ shāng
哭起来，阿拉丁也很激动，但他没忘记和公主商

liang duì fu mó fǎ shī de bàn fǎ　　gōng zhǔ hěn cōng míng　　　bù yī huì er
量对付魔法师的办法。公主很聪明，不一会儿，

jiù xiǎng chū le yī gè hǎo zhǔ yi
就想出了一个好主意。

69

自从将公主劫来后，魔法师就一直在讨好公主，但公主一直对他很冷漠（对人或事物冷淡，不关心）。

这天，正为此事烦恼的魔法师忽然接到公主的邀请，他高兴极了，急忙打扮了一番来见公主。

哎呀！公主一定是想通了！要不然，干吗摆了一桌宴席呢？魔法师很高兴，急忙坐到桌边。

公主倒了一杯酒，端给了魔法师，接着又给自己倒了一杯，说："这些天，你把我照顾得很周到，我先谢谢你，干！"

说完，公主一仰头喝干了自己杯里的酒。魔法师很高兴，也仰头喝干了自己面前的酒。可是，他仰起的头还没等回来呢，就"扑通"一下倒在地上睡着了。原来，魔法师的酒杯被事先抹上了阿拉丁买来的迷药。

当魔法师醒来的时候，发现自己

<ruby>被<rt>bèi</rt></ruby><ruby>困<rt>kùn</rt></ruby><ruby>在<rt>zài</rt></ruby><ruby>一<rt>yī</rt></ruby><ruby>大<rt>dà</rt></ruby><ruby>片<rt>piàn</rt></ruby><ruby>沙<rt>shā</rt></ruby><ruby>漠<rt>mò</rt></ruby><ruby>里<rt>lǐ</rt></ruby>，<ruby>没<rt>méi</rt></ruby><ruby>有<rt>yǒu</rt></ruby><ruby>了<rt>le</rt></ruby><ruby>灯<rt>dēng</rt></ruby><ruby>神<rt>shén</rt></ruby><ruby>的<rt>de</rt></ruby><ruby>帮<rt>bāng</rt></ruby><ruby>助<rt>zhù</rt></ruby>，<ruby>他<rt>tā</rt></ruby><ruby>再<rt>zài</rt></ruby><ruby>也<rt>yě</rt></ruby><ruby>回<rt>huí</rt></ruby><ruby>不<rt>bù</rt></ruby><ruby>了<rt>liǎo</rt></ruby><ruby>家<rt>jiā</rt></ruby><ruby>乡<rt>xiāng</rt></ruby><ruby>了<rt>le</rt></ruby>，<ruby>再<rt>zài</rt></ruby><ruby>也<rt>yě</rt></ruby><ruby>不<rt>bù</rt></ruby><ruby>能<rt>néng</rt></ruby><ruby>去<rt>qù</rt></ruby><ruby>害<rt>hài</rt></ruby><ruby>人<rt>rén</rt></ruby><ruby>了<rt>le</rt></ruby>。<ruby>阿<rt>ā</rt></ruby><ruby>拉<rt>lā</rt></ruby><ruby>丁<rt>dīng</rt></ruby><ruby>夺<rt>duó</rt></ruby><ruby>回<rt>huí</rt></ruby><ruby>了<rt>le</rt></ruby><ruby>神<rt>shén</rt></ruby><ruby>灯<rt>dēng</rt></ruby>，<ruby>带<rt>dài</rt></ruby><ruby>着<rt>zhe</rt></ruby><ruby>公<rt>gōng</rt></ruby><ruby>主<rt>zhǔ</rt></ruby><ruby>把<rt>bǎ</rt></ruby><ruby>宫<rt>gōng</rt></ruby><ruby>殿<rt>diàn</rt></ruby><ruby>又<rt>yòu</rt></ruby><ruby>搬<rt>bān</rt></ruby><ruby>回<rt>huí</rt></ruby><ruby>了<rt>le</rt></ruby><ruby>自<rt>zì</rt></ruby><ruby>己<rt>jǐ</rt></ruby><ruby>的<rt>de</rt></ruby><ruby>国<rt>guó</rt></ruby><ruby>家<rt>jiā</rt></ruby>。

鉴赏心得

　　残忍的魔法师最后终于得到了应有的下场。这说明智慧是能战胜敌人，正义最终都是会把邪恶打败的。

ā lǐ bā bā hé sì shí dà dào
阿里巴巴和四十大盗

一天，阿里巴巴看到一群强盗在一块山谷石前喊一句莫名其妙的话。这句话是什么？这句话可以用来干什么？阿里巴巴最后变得富有了吗？

在一个小镇上，住着两个亲兄弟。哥哥卡希姆很富有，弟弟阿里巴巴很贫穷。卡希姆虽然很有钱，但从来不愿意帮助弟弟阿里巴巴。

阿里巴巴每天都到山上的树林里去砍柴，然后用自己仅有的一头毛驴把柴运到城里去卖，买些粮食、生活用品来维持生计（谋生的办法）。

这天，阿里巴巴正在砍柴，忽然听到远处传来一阵马蹄声。不会是强盗吧？阿里巴巴急忙牵着驴躲到一片小树林的后面观察情况。可不是吗？从山的外面跑进一队人马，个个都是强壮的大汉，人数不多不少，正好四十个。

这队人马来到山谷的一块巨石前停下，一个头领模样的人对着巨石大喊："芝麻，开门！"说来奇怪，那块巨石听到声音，"嘎吱"一声打开了，原来，巨石后面竟然是一个山洞。

紧接着，这四十个大汉纷纷跳下马，各自将自己马背上的一个袋子背进山洞，然后石头门就关上了。不一会儿，石门又开了，这些人都空着手出来了。头领说了一句："芝麻，关门！"那块巨石"嘎吱"一声关上了。

这些人看起来很像强盗，他们往洞里放了什么东西呢？等这些人骑着马出了山，阿里巴巴牵着驴走到巨石前。模仿（照某种现成的样子学着做）强盗头领的声音说了一声："芝麻，开门！"

话音刚落，巨石就像刚才那样打开了。阿里巴巴试探着走进山洞，身后的石门又自动关上了。但洞里并不黑，因为洞的顶部有一道**裂缝**，阳光正好能从裂缝照到里面。

阿里巴巴进洞后仔细一看，发现里面摆满了金银珠宝和数不清的金币。可以肯定，这里是强盗的藏宝之地。阿里巴巴拣了两大袋金币，然后来到石门前说了一声："芝麻，开门！"

石门又打开了。阿里巴巴把钱袋放到驴背上，又说了声："芝麻，关门！"看到石门又关上了，阿里巴巴赶快牵着毛驴回家了。

哎哟！哪里来的这么多的钱呀！阿里巴巴的妻子见到这些金币非常激动。它们太多了，数都数不过来。对了，去卡希姆哥哥家借个斗来量一下吧。阿里巴巴的妻子小跑着去卡希姆家。恰巧（正好；恰巧；碰巧）卡希姆不在家，阿里巴巴的妻子就对卡希姆的妻子说："嫂子，我买了几升米，借你的斗用一下。"

卡希姆的妻子想："咦？阿里巴巴家一次能买好几升米？不可能！"为了弄清阿里巴巴家到底要量什么，卡希姆的妻子偷偷往斗的底部抹了一层蜜蜡。

阿里巴巴的妻子把斗拿回家，很快量完了金币。当她把斗还回去的时候，没想到斗底的蜜蜡上沾上了一枚金币。卡希姆的妻子看到金币，惊奇得不得了。卡希姆一回到家，她就急不可耐（急得不能等待，形容心怀急切或形势紧迫）地说："快去你弟弟那儿看看，他发财啦！金币都用斗量了。"

卡希姆最瞧不起阿里巴巴了，他很怀疑钱的

来路，于是就跑到阿里巴巴家追问金币的来历。

看到阿里巴巴不说，卡希姆**威胁**说："你不说实

话，我就去官府举报你。"

阿里巴巴被逼无奈，只好说了实话。嘿嘿！

还有这样的好事。卡希姆问清了情况，当天晚上

就准备了十头毛驴和十个箱子。好不容易盼到天

亮，卡希姆急急忙忙赶着驴往山里跑去。他来到

巨石前说："芝麻，开门！"

石门一开，卡希姆就迫不及待地钻进山洞，

他身后的石门立刻关上了。这下可发财啦！卡希

姆望着满洞的金银珠

宝，高兴得**手舞足**

蹈（双手舞动，两只

脚也跳起来，形容高

兴到极点）。他装

了金币，又装

珠宝，恨不得把全洞的东西都装走。等装满了十个大箱子，他搬着箱子想出去，可是却忘了开门的咒语。他便乱念了起来："大豆，开门！豌豆，开门……"

念来念去，就是想不起"芝麻"二字。一转眼到了中午，那四十个强盗回来了。他们在巨石前看到许多毛驴，就知道有人跑进山洞了。他们大叫："芝麻，开门！"进洞后，就把卡希姆杀了，还把尸体挂在洞门边。

整整一天过去了，卡希姆的妻子直到晚上也没等到丈夫回来，心慌了，急忙去找阿里巴巴。阿里巴巴估计哥哥出事了，第二天一大早，他牵着三头毛驴走进山里。走到巨石前，他发现了一些血迹。不好！阿里巴巴赶快念口诀打开石门，一眼就看到挂在洞壁上被砍成几段的哥哥的尸体。此时，阿里巴巴顾不上伤心，赶快把哥哥的尸体装在麻袋里，用毛驴驮回了家。

回到家，阿里巴巴首先嘱咐（叮嘱，吩咐）嫂

子，哥哥遇害的事情千万不能**声张**。阿里巴巴又对卡希姆家的女佣麦尔加娜嘱咐了几句。麦尔加娜点了点头，就到外面的药店去买药，还到处**宣扬**主人卡希姆病了。过了两天，麦尔加娜不去买药了，还说卡希姆病死了。最后，麦尔加娜去一个裁缝店找到一个老裁缝，说："老裁缝，我给你一个金币，你去给我家去世的主人缝一件衣服。但你必须蒙着眼睛去我家，蒙着眼睛干活。"

为了得到这枚金币，老裁缝按照要求，蒙着眼睛来到卡希姆家，又蒙着眼睛把卡希姆的尸体缝到一起。等麦尔加娜忙完这一切，卡希姆的妻子才**光明正大**（多指心怀坦白，言行正派）地把卡希姆下葬了。

事情似乎就这样结束了。可是，当强盗再次回到山洞的时候，发现卡希姆的尸体不见了，他们马上明白还有人知道山洞的秘密。这还了得？不把这个知道秘密的人找到，他们的财宝就不会安全。

为了查找知道山洞秘密的人，强盗头领派一个强盗到小镇的附近打听。恰巧，这个强盗找到了老裁缝。他问："老裁缝，最近附近有没有人举行葬礼？"老裁缝说出了麦尔加娜的事情。强盗马上拿出两个金币，让老裁缝蒙上眼睛，凭着记忆把自己带到卡希姆家的门前。

好！找到了！强盗怪笑着，用白粉笔在卡希姆家的门上画了一个圆圈，然后回到山里去见强盗头领。

下午，麦尔加娜出门买东西，忽然发现主人家的门上画了一个圆圈，心想："这肯定是什么人做的记号。"麦尔加娜思考了一会儿，也找出一支白粉笔，在周围所有人家的门上都画上了圆圈。

到了晚上，由**探路**的强盗引路，强盗们来到小镇。当他们找到卡希姆家附近的时候，发现周围的门上都有白圆圈，根本就不知道该进哪一家，只好回到山里。一进山，那个引路的强盗就被强盗首领杀了。第二天，又有一个强盗被派下山去打听。这个强盗又用两个金币请老裁缝蒙着眼睛把自己带到卡希姆家的门前。这次，强盗用红粉笔在门上画了一个圆圈，然后回去见强盗首领。

不久，这个红圆圈也被麦尔加娜发现了。麦尔加娜又用红粉笔在周围每家的门上都画了圆圈。当强盗们晚上再次来到小镇的时候，他们又迷糊了。这次，第二个强盗也被杀了。

一定要找到知道山洞秘密的人！强盗首领决定亲自下山查看。他也用了两个金币请老裁缝把自己带到卡希姆家门前。不过，强盗首领没有在门上画圈，而是仔细观察了周围的环境和特点后回到山里，然后准备了三十八口大缸，并在其中的一口缸里装满了油，让剩下的三十七个强盗分别钻进那三十七个没有装油的缸里。准备好了，他把自己**打扮**成商人的样子，用毛驴驮着所有的缸来到小镇。

晚上，强盗首领敲响了卡希姆家的门。麦尔加娜打开门一看，是一个卖油的商人要**借宿**。此时，阿里巴巴正好在哥哥家，他就把商人迎了进来。也许是天黑或者时间久了的**缘故**，阿里巴巴一点儿也没看出这个商人就是强盗首领**装扮（化装，假扮）**的。阿里巴巴帮着强盗首领把三十八个装"油"的缸都放在院子里，又把强盗首领请进房间吃饭。

夜已经很深了，看到大家都要睡觉了，强

盗首领悄悄来到院子里小声对缸里的强盗们说：

"半夜听到我扔石头的声音，你们就出来杀人。"

说完，强盗首领回去睡觉了。身为佣人的麦

尔加娜由于要为明天的工作做一些准备还没睡。

偏巧，厨房的油灯没油了，麦尔加娜想起了外面

的三十八个油缸。她拿着一个罐子，来到一个油

缸前敲了敲，想估计一下里面有多少油。谁知刚

敲了一下，就听油缸里有个

强盗在说话："首领，要出

来动手吗？"麦尔加娜听

到声音吓了一跳。但她马上

就反应过来了，**故意**（指有意，存心）

粗着嗓子，压低了声音说："还不到

时候。"现在，麦尔加娜全明白了，强

盗已经找上门了。得想办法对付才

行！麦尔加娜走到最后一个油缸

前，发现这个缸里装满了油，

就满满地盛了一锅，然后烧

得热热的。油开了，麦尔加娜把热油装进罐子里。来到装着强盗的三十七个油缸前，往每个油缸里都倒进了一瓢热油。这些强盗还没明白发生了什么事，就都被烫死了。

半夜，看到所有的人都睡着了。强盗首领起身往院子里扔了一个石子儿，发现没人从油缸里出来，就赶快出来掀油缸的盖子，结果他发现所有的强盗都死了。强盗首领见状，一溜烟逃掉了。他逃出小镇之后，一连几天都在生气，他发誓一定要**报仇**。

过了几天，强盗首领乔装打扮（指进行伪装，隐藏身份），化装成绸缎商人上门拜访。阿里巴巴仍然没认出来，又热情地款待这个陌生的来访者。在吃酒的席上，聪明的麦尔加娜一眼就认出了这个人就是强盗首领。这次一定不能让这个坏

jiā huo pǎo le
家伙跑了。

mài ěr jiā nà xiǎng hǎo le zhǔ yi   tā zài xí jiān zhǔ dòng yāo qiú gěi
麦尔加娜想好了主意。她在席间主动要求给

zhǔ rén hé kè rén tiào wǔ   bìng zài shēn shàng tōu tōu de fàng le yī bǎ jiān dāo
主人和客人跳舞,并在身上偷偷地放了一把尖刀。

suí zhe yīn yuè xiǎng qǐ   mài ěr jiā nà piān piān qǐ wǔ   dāng tā lái dào qiáng
随着音乐响起,麦尔加娜翩翩起舞。当她来到强

dào shēn biān de shí hou   měng de bá chū jiān dāo shā le dào chù qiǎng jié shā rén
盗身边的时候,猛地拔出尖刀杀了到处抢劫杀人

de qiáng dào shǒu lǐng   wèi dāng dì rén chú le hài
的强盗首领,为当地人除了害。

děng ā lǐ bā bā míng bai guò lái zhī hòu   zhè gè guān yú sì shí dà
等阿里巴巴明白过来之后,这个关于四十大

dào de gù shi yě jié shù le
盗的故事也结束了。

鉴赏心得

　　阿里巴巴在女仆的帮助下,战胜了残忍的强盗。这说明人们都愿意帮助善良和诚实的人,邪恶的强盗再聪明也免不了失败的下场。

辛伯达航海历险记

名 师 导 读

一个疲惫不堪的脚夫在一户富人家里听到了主人辛伯达的七次航海故事。那么辛伯达有哪些航海经历？他告诉了我们什么道理？

很久以前，有一个靠给别人搬运货物为生的脚夫。一天，他累得疲惫不堪（形容非常疲乏），无意间坐在了一户有钱人家的门前休息。忽然，他听到一阵美妙的音乐从身后的院子里传来。脚夫顺着门缝往里面一看：原来院子是个大花园，许多人在那儿饮酒谈天，还吃着各种美味食物……脚夫忍不住大声说："有很多人在受苦，却还有人在享福……"诵读完对自己境遇不满的诗歌，脚夫就要离开。这时，院门开了，从里面走出一个侍从，把脚夫请进了花园。

院子的主人请脚夫入席和大家一起吃喝。所有的人还互相报了姓名。真巧！院子的主人和脚夫都叫辛伯达。院子的主人辛伯达说："幸福是靠努力得到的。我是个航海家，历经了许多次冒险（不顾危险地进行某种活动），才取得了今天的成绩。"说着，航海家辛伯达讲起了他的第一个航海故事：

辛伯达第一次航海

我的父亲是一个富有的商人。他死后，给我留下了一大笔遗产。可是我不懂经营，没过多久，殷实的家产就被挥霍一空。这时，我才意识到自己犯下了不可饶恕（不计较过错，宽容，宽恕）的错误。我决定重新做人！我卖掉了仅存的一点家产，置办了货物，搭乘一条船到各地去做生意。

我搭乘船与途经的一个又一个岛屿上的人做生意。一天，我们停靠在一座美丽的小岛上休息，大家开始生火做饭。忽然，船长大声惊叫起来："有危险！大家快上船。"到底发生了什么事呢？我犹豫了一下，然后才跟着大家往船上跑。可是，还没等我跑到船上，船就在慌乱中开走了。就在这时，我脚下的小岛开始下沉，我掉进了海里。原来这个小岛竟然是一条大鱼的脊背。

幸运的是，在落水的时候，我抓住了一块木板。不知在大海上漂泊（随流水漂荡、停留）了多久，我被海水冲到了一个岛上，一群给国王放马的人救了我，还把我引荐给国王。国王很欣赏我的学识，让我做了一个登记海港船只的官员。

有一次，我正在登记一艘大船，船长对我说："我的船上有一批没有主人的货物需要处理，您能帮忙吗？"我一问才明白：天哪！这堆货物的主人就是我！我急忙讲述了自己落海的经过。

听了我的描述，船长知道我说的是真的，就把货物还给了我。我把货物都搬到岸上卖掉，又置办了一些货物，然后和国王**辞行**。我带着国王送的许多礼物，随船回到了故乡。

听完故事，大家都很震惊（令人震动而惊异）。眼看天黑了，辛伯达把脚夫和客人都留下住在自己家中。第二天，辛伯达又讲起了自己的航海经历。

辛伯达第二次航海

第二次航海时我遇到了大鹏鸟，大鹏鸟要飞出去觅食，我就被大鹏鸟带到了空中。我们在天空中飞了好久，最后落到了地面。原来大鹏鸟是要捉一条巨蛇。我赶快解开布带跑到了一边。

大鹏鸟飞走后，我开始打量这个地方：天

哪！太恐怖了，这个山谷里竟然到处是蛇！就在我感到恐惧的时候，我又发现了一件让我惊喜的事：这里到处都是钻石。我该怎么离开这深深的山谷呢？

我正想着，忽然从山上掉下一只被剥掉皮毛的死羊。我明白了：这是钻石商人正在用羊肉粘钻石呢！

有脱身的机会了！我捡了好多钻石，然后仰面躺在地上，将羊紧紧抱在身上。没过多久，一只巨鹰发现了山谷里的羊肉。鹰俯冲（飞行物体从空中以大角度急速下冲）而下，叼起羊肉就飞，就这样，我再次被带着飞了起来。鹰飞到高高的山顶后，放下羊刚要吃，忽然，不远处传来一阵喊叫声。我顺着声音一看，啊！果然有一个钻石商人从树后跑了出来。

　　钻石商人吓跑了鹰，却没有在羊肉上找到一丁点儿钻石。看到商人遗憾的样子，我就分了一些钻石给他。

　　后来，我和商人一起辗转，终于回到了故乡。我这次能得救简直就是奇迹！

　　看到大家还想听，辛伯达接下来讲起了他的第三次航海经历：

辛伯达第三次航海

　　大家知道，我是个闲不住的人。没多久，我又筹备（事先把一切都先准备好）了一些货物，然后登上了一条商船。

　　这天，我们的船刚驶到一座山前，就听到一阵怪叫声。不好！从山上跑下许多猴子。我们还没来得及开船，猴子们就"呼啦"一下都跑到了船上，抢货物的抢货物，咬船的咬船。结果，我们的货物全没了，船也坏了，大家只好跑到山上去流浪。正走着，忽然有人高兴地说："看！那儿有一座破宫殿。"

我们走进宫殿一看，觉得可以作为休息的地方。到了晚上，宫殿里忽然来了一个大怪物。它把我们集中在一起，从我们当中挑出最胖的船长，用火烤着吃了。好在这个怪物吃了一个人之后就睡觉了，天一亮就离开了。从这天起，怪物每天晚上都来吃人和睡觉。我们必须逃走！这天，大家找木头造了一艘船。等晚上怪物又吃完一个人去睡觉的时候，我们用烧红的铁钎扎入怪物的双眼。怪物受伤了，大家急忙往海边的船上跑。怪物的惨叫声惊动了他的妻子。两个怪物一起跑到岸边，"扑通、扑通"地往我们的船上投巨石。我们中的许多人都被砸死了，只剩下了我和另外两个人。

我们在海上漂了很多天，正当我们危在旦夕

91

（形容危险就在眼前）的时候，幸好有一艘船路过，把我们救了上去。

一天，船长来找我，他说："喂！我这儿有一批没有主人的货物，你能帮着卖了吗？我们要把钱还给货主的亲人。"我在检查货物时又惊喜地发现：这不是我第二次航海时的货物吗？船长听了我的解释，又经过验证，证明这货物的确是我的。靠着失而复得的货物，我又赚了一大笔钱。

这也太神奇了！大家都要求继续听下去。第

四天，辛伯达讲起了第四次航海经历：

辛伯达第四次航海

经过前三次航海，我开始喜欢冒险了。没过多久，我又约了几个商人一起出海了。不过，我们这次的遭遇更糟糕，因为我们的船在航行中遇到了风暴。船被摧毁（用强力破坏、毁坏）了，货物没有了，所有的人都掉进了海里。危急时刻，船长找到了一个大木板，他说："快！大家都游到木板这儿来。"于是，许多人都趴在这块大木板上一起漂流，直到被海水冲到一座很奇特的岛上——岛上的人只穿树叶。

这些人一见到我们，就把我们带到国王那里。国王也不说什么，马上吩咐给我们拿东西吃。在海上漂流了好几天，大家都很饿，就呼哧呼哧地吃了起来。而我却一点儿胃口也没有，一口东西也没吃。没想到，那些吃了东西的人后来

都变傻了，每天只知道吃。原来，国王是为了让大家吃傻吃胖，然后用火把人烤着吃掉。

知道这事后，我更不敢吃他们的东西了，所以变得非常瘦，于是他们没人搭理（理睬，对别人的言语或行动有所反应）我。趁这个机会，我逃离了这群野蛮人。

我不停地跑啊跑，从这个岛跑到了相邻的另一个岛上，直到遇到了一些采胡椒的人。听了我的经历后，采胡椒的人把我引荐给了他们的国王，我竟

然成了国王的贵客。

一天，我发现这里的人骑马时都没有马鞍子，我就开始做马鞍子卖，结果生意非常好。我给这里的马配鞍子的事让国王知道了，他很高兴，便给我娶了一个妻子。可是好景不长，没多久，我的妻子死了。按照当地的风俗，我和一些珠宝被一起扔进一个深井为妻子陪葬。幸运的是，在黑井里，我摸索（搜索，寻求）着找到了一个直通海边的出口。这可太好了！我将井里陪葬的珠宝都带到了海边。没过多久，一条船路过这里，我又搭船回到了家乡。有了这些珠宝，我这次出海仍然算是成功。

听了辛伯达的故事，大家都很感慨。到了第五天，辛伯达又讲了起来：

辛伯达第五次航海

距离上次航海没多久，我又置办了货物，约了几个商人，准备一起出海。不过，这次出海的船是我自己买的一艘大船。这天，我们的船停在一个小岛边休息，许多人都去岛上游玩，只有我一个人留在船上。不一会儿，我听到外面很热闹，就走出去看。哎哟！原来游玩的人正在用石头砸一个大鹏鸟蛋。我赶快喊："喂，你们疯了吗？快回船上，我们得离开这里。"等大家明白自己犯了什么错误时，已经晚了，一只外出归来的大鹏鸟发现了我们。大鹏鸟用爪子从岸边抓起巨石把我们的船砸得稀巴烂，我们又都落入了海中。

我们扶着船体散落的破木板在海上漂荡（在水面上随波浮动）。这次，没漂多久，我就和大家失散了。经过几天的漂流，我一个人漂到了一个岛上。在岛上，我遇到了一位走路不方便的老人，我就背着他走。可自从我背起这个老人后，他就再也不愿意下来了。我根本无法脱身，即使是睡觉的时候，老人也用腿紧紧地夹住我的脖子。这天，我发现了一个葡萄园和一块南瓜地，于是就用南瓜做成瓢盛了许多葡萄来酿酒。

不久，我的葡萄酒酿好了，我先尝了一口，然后问老人："你喝点吗？"看到我喝了，老人也想喝。结果老人喝醉了，我也脱了身。

后来，我又遇到一

艘船，并随船来到一座城市。这座城市很特别，每到夜里，就会有猴子来袭击（乘其不备，偷偷地进攻），弄得城里的人晚上只能睡在船上。这座城市里的人都很善良，他们看到我一无所有，就让我和他们一起把石子儿捡到布袋里。等袋子里装满石子儿后，我们就到树林里去找猴子，并用石子儿打猴子。猴子当然要反抗，它们摘树上的椰果还击。石子儿扔完了，我们就捡猴子扔过来的椰果，然后去卖钱。这样，我又有钱了，又买了好多货物，搭乘一艘开往家乡的船结束了这次旅行。

哎呀，真是太离奇了！在大家的强烈要求下，

辛伯达在第六天又讲起了自己的经历：

辛伯达第六次航海

我在家没住多长时间，一群来拜访的朋友又勾起了我新的远航计划。不久，我又置办货物出发了。

这次更不幸，我们在大海上**迷失**了方向，船撞在一座荒岛上，许多人都死了。在岛上，我们惊喜地发现：这儿的泉水里藏着许多珍珠宝物。这些宝物都是一些船撞到这座荒岛上留下来的。在海滩和山上的许多地方，船只遗留的宝物到

处都能看到。这个岛上还盛产沉香，称得上是个富有的死亡之岛！可是在这个岛上，财富对我们一点儿用处也没有，因为我们只能被困在这里。

更糟糕的是，我们当中的许多人都病了，而且一个接一个地死去，最后只剩下我一个人了。我不能等死了！我找到一条河，用**沉香木**做了一条船，又往船里放了许多珠宝，然后顺流而下。我漂了很久才被人发现。我又一次获救了。

到了岸上，我的故事让那里的国王感到震惊。国王很欣赏我的**勇气（敢想敢干毫不畏惧的气概）**，便请我住在王宫里。为了表示感谢，我拿出一些珍宝献给国王，并在王宫里住了下来。有一天，我听说有驶往家乡的船路过这里，就告别国王，带着我的珍宝登上了开往家乡的船。

"哇！这次经历太精彩了！"许多人听到这里都忍不住说。最后，航海家辛伯达在第七天讲述了他的最后一次航海经历：

辛伯达第七次航海

尽管我已经很富有了，但我还是想航海。终于有一天，我又搭乘一艘商船开始了新的冒险。我们的船正往前行驶的时候，忽然一阵飓风刮起，一条三座山高的巨鲸出现了！巨鲸刚要吞掉我们的船，一个大浪打来，我们的船被拍得粉碎（碎得像粉末一样）。我又被抛到海里。凭借着以往的经验，我很快游到了一座岛上。我在岛上用檀香木做了一条小船，顺着河流漂了下去。漂到一处有人打鱼的地方，才被那里的人救了上来。有一位热情的老者对我说："你的小船是檀香木做的，很值钱！"檀香木很值钱？当时做船的时候我可没想到。老者出了很高的价钱买走了我的小船。我又有钱了。老者看我是个老实人，竟然把自己唯一的女儿嫁给了我。不久，老者去世了。

后来，我发现一件怪事，就问妻子："这里的人一到晚上，怎么身体就会长出翅膀，到处乱

fēi ? " qī zi shuō zhè lǐ xǔ duō rén dōu shì yāo guài xìng hǎo wǒ
飞?" 妻子说："这里许多人都是妖怪。" 幸好我

qī zi yī jiā bú shì yāo guài wǒ men děi lí kāi zhè lǐ wǒ hé qī zi
妻子一家不是妖怪！我们得离开这里。我和妻子

yú shì mài diào le suǒ yǒu de jiā chǎn huí dào le gù xiāng
于是卖掉了所有的家产回到了故乡。

xīn bó dá de gù shi jiǎng wán le dà jiā yī zhí zài gǎn kǎi chēng
辛伯达的故事讲完了，大家一直在感慨称

qí nà gè jiǎo fū gèng shì pèi fú de wǔ tǐ tóu dì
奇，那个脚夫更是佩服得五体投地（两手、两膝和头

一起着地，比喻佩服到了极点）。

鉴赏心得

　　辛伯达的航海故事告诉我们：每个人的财富和成功都不是天上掉下来的，那都是因为他之前的努力和付出，甚至赴汤蹈火的艰辛或冒险得来的。

hā xī bǔ hé shé nǚ wáng
哈希卜和蛇女王

名师导读

一个学者给自己还未出生的儿子哈希卜留下了五张纸作礼物，这五张纸上写的什么？这个爸爸是个什么样的人？

gù shi yào cóng hěn jiǔ yǐ qián de yī gè xué zhě jiǎng qǐ nà shí
故事要从很久以前的一个学者讲起。那时，

xué zhě hé zì jǐ de qī zi zhù zài měi lì de guó jiā āi jí zhè
学者和自己的妻子住在美丽的国家——埃及。这

nián xué zhě de qī zi huái yùn le àn lǐ shuō zhè jué duì shì yī jiàn hǎo
年，学者的妻子怀孕了。按理说这绝对是一件好

shì kě xué zhě què yī zhí gāo xìng bù qǐ lái yīn wèi xué zhě fā xiàn zì
事，可学者却一直高兴不起来。因为学者发现自

jǐ de shēn tǐ yuè lái yuè chà tā hěn qīng chu de zhī dào zì jǐ de shēng
己的身体越来越差，他很清楚地知道，自己的生

mìng kuài zǒu dào jìn tóu le xiǎng dào qī zi dù zi lǐ de hái zi yī chū shēng
命快走到尽头了。想到妻子肚子里的孩子一出生

jiù méi le bà ba xué zhě xīn lǐ hěn nán guò wèi le mí bǔ
就没了爸爸，学者心里很难过。为了弥补（补救、

挽回）自己将来无法抚育孩子所带来的遗憾，学

zhě jiāng zì jǐ zuì liǎo bù qǐ de fā xiàn xiě zài le wǔ zhāng zhǐ shàng tā yào
者将自己最了不起的发现写在了五张纸上。他要

bǎ zhè wǔ zhāng zhòng yào de zhǐ liú gěi zì jǐ de hái zi
把这五张重要的纸留给自己的孩子。

zhè yě xǔ shì xué zhě liú gěi wèi chū shēng de hái zi wéi yī de lǐ wù
这也许是学者留给未出生的孩子唯一的礼物

ba xué zhě bǎ zhè wǔ zhāng zhǐ rèn zhēn de zhé hǎo zhèng zhòng de jiāo gěi qī
吧！学者把这五张纸认真地折好，郑重地交给妻

子，说："等我们的孩子长大问起我的时候，你再把我写的东西交给他。那时，他就会知道，他的爸爸是一个什么样的人了。他会为我而骄傲的。"

交代完这件事后没多久，学者就离开了人世。

后来，学者的妻子生下了一个儿子，她遵照丈夫的遗愿，给孩子起名叫哈希卜。

在妈妈的严格教育下，哈希卜一天天长大了。学者的妻子并没有因为哈希卜缺少父爱而过多地娇惯儿子，而是有意识地磨炼（在艰苦困难的环境中经受锻炼）哈希卜的毅力。

哈希卜长到十五岁时，为了让他知道人世间的艰辛，学者的妻子每天让他和一群樵夫上山打柴。

这天，哈希卜和几个樵夫正在砍柴，忽然下起了雨，大家急忙找避雨的地方。距离他们不远的巨石下有一个山洞。一走进山洞，哈希卜就发现山洞的地面上有个石板很特别，他好奇地敲敲石板，发现下面是空的。哈希卜揭开石板一看：

呀！石板下面是一个装满蜂蜜的深井。

发财啦！几个樵夫看到蜜井都高兴得直跳。要是卖掉这些蜂蜜，以后哪里用得着每天辛苦（原指味道辛辣且苦，后比喻艰难困苦）地砍柴呀！雨停后，几个人开始掏蜂蜜往家里运。要掏完一口井的蜂蜜是需要很长时间的。在这个过程中，几个年纪稍大一些的樵夫起了坏心眼儿。他们偷偷商量："蜂蜜是哈希卜发现的，将来卖蜂蜜分钱的时候，他一定会分大头，不如我们除掉他吧。"对！除掉他！他们很快就想出了一条毒计。当蜂蜜快掏完时，他们用绳子把哈希卜顺到深深的井下，让他去掏井底的蜂蜜。

当老实的哈希卜掏完了最后一桶蜂蜜，让人把自己拽上去的时候，几个贪财的樵夫竟然把哈希卜扔到井里不管了。

这时哈希卜才明白几个樵夫的意图（希望达到某种目的打算），可是已经晚了。如果没人用绳子把自己往上拽，他无论如何是上不去的。哈希卜坐在深井下面，思考着如何能爬出蜜井。这时，他看见一条细虫子正往一个井壁缝里爬。哈希卜仔细一看，井壁的另一面好像是空的。太好了！哈希卜马上动手拆井壁。没错，那边果然是空的，在哈希卜面前出现的是一条长长的走廊。哈希卜顺着走廊往前走，来到一个黑黑的石门前。这后面又是什么呢？哈希卜很好奇，也很紧张。他猛地推开门：啊！太吓人了！里面竟然是一个到处是蛇的大房间。

哈希卜转身就要跑，忽然听到一条蛇说："别害怕，这里很安全。"听到声音，哈希卜停住了脚步。他回头一看，房间里一座用宝石**堆砌**的台阶上，一个长着美女人头的怪蛇正在说话。这条蛇接着对他说："进来吧，我是蛇女王。"哈希卜明白，自己这时哪儿也去不了。他硬着头皮走进房间。蛇女王说得没错，这里的蛇都很**友善**。

几条蛇按照蛇女王的吩咐，给哈希卜拿了许多吃的东西。

从这天起，哈希卜就住在了蛇女王的房间里，他们成了朋友。可每天对着各种各样的蛇，时间久了很没意思，何况，哈希卜很惦记（心里老想着，放心不下）妈妈，他请求蛇女王帮助他回到地面上去。

一听哈希卜要走，蛇女王立刻叹了口气，说："你一离开这里，我就要死了。"这怎么可能呢？自己的行动和蛇女王的生死有什么关系？哈希卜认为这是蛇女王不让自己离开的借口。看到哈希卜不相信自己的话，蛇女王又说："只要你回到家一洗澡，我就会遭遇不测。"可哈希卜归心似箭（想回家的心情像射出的箭一样快。形容回家心切），他马上说："没关系，我发誓，我永远不洗澡，请您帮我回家吧。"

看到哈希卜去意已决，蛇女王只好把他送回了地面。看到哈希卜回了家，他的妈妈乐坏了，而那群图财害命的樵夫却被吓坏了。他们连忙跑到哈希卜的家里去请罪，主动要求帮助哈希卜母子。原来，这些樵夫卖掉蜂蜜后都成了有钱人，现在都做起了生意。凭借樵夫还给自己的那一部分卖蜂蜜的钱，哈希卜也做起了生意，他和妈妈的日子也越过越好，可他一直没有忘记对蛇女王的承诺：永远不洗澡。

一天，哈希卜路过澡堂的时候，遇到了当澡堂老板的朋友。澡堂老板说："喂，哈希卜，你怎么老不洗澡啊？今天洗洗吧，我请客。"

哈希卜笑着摇了摇头。澡堂老板想和他开一个玩笑，就让伙计把哈希卜拽进了澡堂，要强行（强制进行）给哈希卜洗澡。在澡堂里，哈希卜的衣服刚被脱掉，从旁边突然蹿出两个人，他们是国王的侍卫。侍卫们看了看哈希卜，二话不说就把他绑起来带走了。哈希卜怎么也想不明白，他觉得自己从来没有做过什么坏事，为什么要被抓起来呢？

来到王宫，哈希卜才知道，国王正在生病，宰相翻阅了无数书籍后断定，国王的病必须吃蛇女王的肉才能痊愈。可到哪儿能找到蛇女王呢？

宰相告诉国王："只要是见过蛇女王的人，肚皮上都会有一块地方发黑。找到这个人，就能找到蛇女王。"

为了找到见过蛇女王的人，国王吩咐手下的侍卫到各个地方寻找，尤其是能直接看到肚皮的澡堂。这样，刚才发生在澡堂的事情就能解释清楚了。这也就是蛇女王怕哈希卜洗澡的原因。哈希卜很后悔违背（违反；不遵守）了对蛇女王发的誓言，他无论如何也不肯说出蛇女王的下落。国王很生气，命令殿前侍卫惩罚哈希卜。一次次皮鞭子的抽打，一次次的昏厥，都没能让哈希卜开口。国王大怒，命令用重刑。这次，哈希卜忍受不了了，在万般无奈的情况下，他说出了蛇女王的住处。

宰相根据哈希卜提供的蜜井位置找到了蛇女王的洞口。他没有让人闯进蛇女王的领地，而是对着洞口点了几支香。原来，宰相其实是个厉害（凶猛，难以对付或忍受）的魔法师，自从当上宰相后，他很少使用魔法。这次，他坐在点燃的香

前，**叽里咕噜**念起了咒语。

没过多久，周围山摇地动。随着一声巨响，蛇女王喷着烈火从洞里蹿了出来。蛇女王一出洞口就大喊："是谁出卖了我？"

一直带路的哈希卜听到蛇女王的话，立刻扑到前面，跪倒在地说："蛇女王啊，是我这个**卑鄙**的小人出卖了您。"哈希卜一边悲痛欲绝（万分伤心的样子，形容悲哀伤心到了极点）地哭着，一边脱下自己的

衣服，说：“蛇女王啊，我实在忍受不了国王对我的重刑，才把他们领到您这里来。我违背了诺言，您先杀了我吧，这是我应有的下场。”

看着**伤痕累累**的哈希卜，蛇女王对着天空叹了口气，说：“天哪！这能怨谁呢？我的生命就该结束在这个年轻人面前。我死了，或许还能改变这个年轻人的命运，我认了！”

说着，蛇女王收起了燃烧的火焰。她让哈希卜把自己抓起来，放进宰相事先带来的罐子里。回去的路上，哈希卜用头顶着装蛇女王的罐子。

在人马行进的**乱哄哄**的噪音中，蛇女王在罐子里小声对哈希卜说：“我们回去之后，会直接去宰相府。在那里，我会被宰相剁成三节，放到锅里炖。到时候，宰相会给你两只杯子，分别盛先后两次煮出的泡沫。宰相会让你喝掉第一次煮起的泡沫，他自己喝掉第二次的。这时，千万记住，你一定要想办法去喝宰相的那杯泡沫，把第一次的泡沫留给宰相。记住，一定要记住。”哈希卜流着眼泪，用心听着蛇女王的话。他那颗愧疚（感觉对不起他人，惭愧内疚）的心一直在隐隐作痛。

蛇女王的话一点儿都没错，大队人马一回到宰相府，蛇女王就被剁成了三段。

蛇女王一死，哈希卜也大叫一声，晕倒在地上。凶狠的宰相叫醒了哈希卜，命令他把蛇女王扔到锅里炖。快开锅的时候，宰相拿出两个杯子，让哈希卜把刚刚浮起的泡沫装到一个杯子里，再把第二次的泡沫装到另一个杯子。等这一切都准备好了，他让哈希卜喝掉第一次起的泡沫，自己喝第二次起的泡沫。

哈希卜可没忘记蛇女王说的话，他趁宰相没注意，偷偷把杯子调换了位置。结果，宰相喝掉了第一次起的泡沫，立刻倒在地上死了。而哈希卜喝掉了第二次起的泡沫，立刻明白了许多知识，成了一个熟知天文地理的学者。

宰相死了，哈希卜把蛇女王的肉献给了国王。国王的病好了，立即请智慧（辨析判断、发明创造的能力）的哈希卜当了宰相。

当了宰相之后，哈希卜才知道自己的父亲也是个学者。他回家问妈妈关于爸爸的事，此时，妈妈拿出了学者临终前写的那五张纸。哈希卜一看，纸上写的竟然是自己经历的所

119

有遭遇。原来，学者在用自己的行动证明：他是一个伟大的预言家。同时，他还有让自己的孩子历经磨难而成才的想法。

这是一个多么伟大的父亲呀！哈希卜很感激自己的父母。同时，他更怀念对自己恩重如山（恩情深厚，形容恩德重大）的蛇女王。

鉴赏心得

　　哈希卜的经历告诉我们：人的一生不是一帆风顺的，我们要勇敢地面对挫折，努力地储备知识，因为成功和幸福只会降临在有准备的人身上。

小偷和商人的故事
xiǎo tōu hé shāng rén de gù shi

一个小偷改邪归正，做起了正儿八经的商人。但一天夜里别的小偷光顾了他的铺子，于是他到处寻找。最后他找到被偷的东西了吗？

很久以前，有一个商人在市中开了个卖布的铺子。他年轻时曾经靠偷窃度日，不过现在他已改邪归正（从邪路上回到正路上来，不再做坏事）。他工作起来很努力，而且经营有方，因而他的买卖很红火。有一天，商人见没有人**光顾**铺子，就关了店门，像往常一样回家过夜。就在那天夜里，有个小偷光顾了他的

铺子。小偷**装扮**成商店主人模样，用自制的万能钥匙开了铺门。他一看见闻声而出的守夜人，马上递给他一只蜡烛，吩咐道："帮我把这只蜡烛点起来。"

守夜人刚一转身，小偷马上闯进账房燃着另一只蜡烛，并把账本找来一一翻看，他想看这家布店到底有多少财产。直到夜深人静，他才算清楚，然后吩咐守夜人替他找一个赶骆驼的，说他要一匹骆驼去**南非**运货。守夜人睡得迷迷糊糊，**不辨真伪**（无法辨别真的还是假的），真的找来一个驼夫和一匹骆驼。小偷叫驼夫把四捆布匹放在骆驼背上，然后又赏给守夜人两块钱，这才**悠**

哉游哉地带着驼夫和骆驼走了。

第二天清晨，当商人来到铺子时，守夜人显得格外殷勤，因为守夜人还在感谢昨晚赏给他两块钱的恩惠。可商人却觉得守夜人一反常态，莫名其妙（没有人能够明白、理解其中的奥妙，形容事情奇怪，不合常理）。他一打开店门，发现了柜台上的账本和烛泪，再看看仓库竟然丢了四捆布。他怒气冲冲地问守夜人："这是怎么回事呀？"守夜人见状连忙把昨晚发生的事情向他详细叙述了一遍。商人一听大怒："赶快把昨夜你雇来驮布的那个驼夫给我找来！"

"我这就去。"守夜人吓得战战兢兢（形容因非常害怕而微微发抖的样子），立刻把那个驼夫找来见商人。商人追问驼夫："昨夜你把布运到何处了？"

驼夫不敢不说，就告诉商人，他将布运到了

渡口，然后把布搬到一只小船上。

商人听完以后，就叫驼夫带他去找船主。驼夫没有办法，只好带商人赶到渡口，指着一只小船说道："喏！他就是船主，我昨天夜里就是把布运到他船上的。"

商人忙问船夫："那个该死的商人现在到哪里去了？"

船夫连忙说："我把他送到河对岸，他自己雇了一个驼夫走了。至于走到什么地方，我也不知道。"

"现在你马上帮我找到从你船上运走布匹的驼夫吧！"

船夫立即答应，不久，驼夫就来了。

"你帮助那个商人把货运到哪里去了?"商人忙问驼夫。

驼夫告诉了商人那个地点。商人立即说道:"你跟我一起去,我要看看卸货的地方。"

驼夫领着商人来到离河岸非常远的一个旅馆里,发现那里有一个装货的仓库。商人来到仓库,开门一看,那四捆布匹果然在那里。于是他叫驼夫帮他把布匹抱出去了,然后让他的骆驼运回去。而在那布匹上还放着小偷的一件斗篷,商人也顺便带走了。

小偷躺在旅店里总有些不放心,于是到仓库里一看,那些东西都不见了,不禁有些痛心。但他毕竟是做贼心虚，哪里敢声张！只是他的斗篷也不见了，这使他觉得有必要**交涉**一番。小偷暗中追随商人，一直来到河边，发现驼夫把布匹都搬到小船上了。小偷来到商人跟前，说道："老兄，我真心祝贺你得到主的保佑，**遗失**的布匹又回到你手上，一点不曾丢失。只是那多余的斗篷，还是还给我吧。"

商人什么话也没有说，也不曾犹豫，只是朝他会心地笑了笑，就把那件斗篷还给了小偷，然后便分手了。

鉴赏心得

　　偷来东西用着心里也不舒坦，光明磊落凭着辛勤劳动挣来的钱花着才坦然。由此可见不义之财不可得！

老鼠和黄鼠狼的故事

黄鼠狼偷了主人家晒的胡麻，它知道干坏事是没有好下场的，于是它想出了一个什么样的主意来摆脱它的罪恶？

古时候，有这样一只老鼠和一只黄鼠狼，作为邻居，他们一起住在一个穷苦的农夫家里。当时老农家有一个亲人染上疾病，医生建议用胡麻治疗，医生交给老农一束胡麻，吩咐（口头指派或嘱咐）他拿回去剥掉皮，轻火煎煮，这样就能治好病。

老农把胡麻拿回家里，让老婆立即按照医生安排的去做。老婆把胡麻**仔细**剥下皮，摊开晾起来，准备晾干之后，煎煮药剂。

就在此时，家里那只黄鼠狼发现了晾在屋里的胡麻皮，视其为好东西，于是决定进行偷窃。它来来往往地把胡麻一点点搬进洞里藏起来，一

xià zi bān le xǔ duō
下子搬了许多。

　　dāng huáng shǔ láng zài cì cóng dòng zhōng liū chū lái zhǔn bèi jì xù xíng
　　当黄鼠狼再次从洞中溜出来，准备继续行

qiè bǎ shèng xià de hú má bān jìn dòng qù shí tā kàn jiàn zhǔ fù zuò zài
窃，把剩下的胡麻搬进洞去时，它看见主妇坐在

nà lǐ yī dòng bú dòng zhī dào shì lái jiān shì de
那里一动不动，知道是来监视（从旁监察注视）的，

biàn dào kě xiǎng ér zhī zuò zhè zhǒng shì shì jué bú huì yǒu hǎo xià chǎng
便道："可想而知，做这种事是决不会有好下场

de nà gè nǚ rén yī dìng shì zuò zài nà lǐ jiān shì tōu qiè zhě de rú
的，那个女人一定是坐在那里监视偷窃者的。如

果我太贪婪的话，必然要被命运抛弃。对，我现在必须做这件事，以此表示我的清白无辜，好掩盖我的偷窃罪行。"它打定主意，立即转回洞去，把洞里的胡麻搬了出来，放在原来的位置。

农妇看到这里，心里想："不错，它是在把洞中的胡麻搬出来，放回原地了，由于它的这个举动，胡麻的数量就不少了。它找回胡麻，算是为我们做了一件好事，这也说明偷胡麻的肯定不是它。它既然主动做这些好事，也应该给它好的回报。不过到底是谁偷的胡麻？我一定要查出偷窃者是谁。"

黄鼠狼突然间又想出一计，跑到它的邻居老鼠的窝里，对老鼠大献殷勤（热情而周到，常用于表

^{de shuō} ^{lǎo shǔ mèi mei} ^{bù guān xīn jìn lín} ^{duì péng}
（示巴结讨好）地说："老鼠妹妹！不关心近邻，对朋

^{you bú rè xīn zhào gù de rén} ^{bìng bú shì zhēn zhèng de péng you}
友不热心照顾的人，并不是真正的朋友。"

^{shì ya} ^{wǒ de hǎo péng you} ^{lǎo shǔ shuō} ^{yǔ nǐ wéi}
"是呀，我的好朋友！"老鼠说，"与你为

^{lín} ^{wǒ gǎn dào fēi cháng róng xìng} ^{bú guò gāng cái nǐ tí qǐ guān xīn} ^{zhào}
邻，我感到非常荣幸。不过刚才你提起关心、照

^{gù lín lǐ de wèn tí} ^{bù zhī shì shén me yuán yīn ya}
顾邻里的问题，不知是什么原因呀？"

^{wǒ men de fáng dōng nòng lái dà pī hú má} ^{tā hé jiā rén men jìn}
"我们的房东弄来大批胡麻，他和家人们尽

^{qíng xiǎng yòng} ^{dà jiā chī fàn zhī hòu} ^{hái shèng xià yī xiē} ^{jiù rēng zài nà}
情享用，大家吃饭之后，还剩下一些，就扔在那

^{lǐ bú yào le} ^{zhè liǎng tiān nà xiē xiǎo dòng wù men} ^{fēn fēn qù jiǎn hú má}
里不要了。这两天那些小动物们，纷纷去捡胡麻

来充饥。你为什么不去弄一些胡麻尝尝呢？我认为这是你应该享受的。"

老鼠听它说到这里，乐不可支（快乐到不能撑持的地步，形容欣喜到极点），大喜过望，并边唱边跳起来，对黄鼠狼大加感谢。于是它立即动身，奔出洞门，一眼看见晾着的、使人垂涎的胡麻，便一步冲上前，不顾一切地大吃大咽起来。

农妇亲眼见到老鼠偷吃胡麻，认为偷窃胡麻的坏蛋肯定是老鼠，随即把早已预备好的拐杖握在手里，悄悄地走近老鼠，高高举起，猛地落下，一下子把老鼠打得粉碎。就这样老鼠因为一时贪心，结果搭进去了一条性命。

鉴赏心得

　　老鼠被黄鼠狼的甜言蜜语所迷惑，把黄鼠狼当成了好朋友，落得个悲惨的下场。这个故事告诉我们交朋友一定要辨真伪，不要把心怀不轨的人当朋友。

乌鸦和蛇的故事

第二年的夏天，乌鸦的巢又被蛇占领了，这次蛇没有像上一个夏天那么幸运，它得到了怎样的惩罚？

古时候有一只乌鸦和它的妻子生活在一棵大树上，两口子相亲相爱，过得有滋有味，非常愉快。快到临近生产孵化的时候，正是盛夏时节，天气很热。从那棵大树左边的一个洞里，爬出一条毒蛇，它也觉得热，想找个阴凉之处。它爬呀爬，攀着树枝，一直爬到了乌鸦的巢中，在那里整整过了一个夏天。

乌鸦夫妇因为巢被毒蛇占据，无家可归，也就没有栖身生产孵化的地方了。它们在外流浪，几近死亡。好不容易秋天到了，天气凉爽，毒蛇又爬到它自己的洞里，乌鸦夫妇这才敢回巢去。乌鸦高兴地对老婆说："感谢真主！是他救了我

们，从此我们摆脱灾难了。虽然今年我们的孵化、

积粮不尽如意，可主赏赐我们平安、健康，这就

应当使我们感激不尽了。我想除真主之外，还有

谁能让我们信赖（信任并依靠、相信）呢？我想只要

我们虔诚祈祷，到了来年，主会补偿我们今年

的损失的。"

乌鸦夫妇在大树上的旧巢中，又像从前一样

快乐地生活着。这样到了第二年夏天，又到了生

产孵化（昆虫、鱼类、鸟类或爬行动物的卵在一定的温度和

其他条件下变成幼虫或小动物）的季节，没想到那条毒

蛇又从洞里爬出来，想爬到树上乌鸦的巢中避

暑。正当它攀着树枝往上爬时，突然有一只鹰从

空中冲下来，对准它的头颅使劲啄，把它的脑

袋啄得血糊糊的。那条毒蛇从树上掉下来昏死过

去。时间不长，蚂蚁发现有条毒蛇躺在地上，一

下子成群结队地来吃它的肉，一直把它吃得只剩

下一架骨头才走。

毒蛇死了，从此乌鸦夫妇无忧无虑（没有一

点忧愁和顾虑，形容心情安然自得），在大树上平平安安地过着舒适、快乐的生活，养育了许多子孙后代。

　　多行不义必自毙，一而再再而三地干坏事，总有一天会被惩罚，得到应有的下场，要知道不是每一次的坏事都是幸运的！

xiōng mèi xún bǎo
兄妹寻宝

名师导读

波斯国王实现了一个穷人家三个姐妹的愿望，妹妹的婚礼是姐妹三个中最隆重的，那么嫉妒的两个姐姐用什么手段来害妹妹的？

波斯有位国王，一次，他路过一个穷人家，看到姐妹三人正在家中闲聊。大姐说："我希望嫁给国王的首席面包师，这样，我就可以吃上可口的面包了。"二姐说："我希望嫁给国王的首席厨师，这样，我就可以吃上美味佳肴了。"小妹妹长得美丽，举止文雅，聪明伶俐（形容人头脑机灵，活泼且

（乖巧），两个姐姐都不如她。她表达心愿说："我希望做王后，给国王生一个聪明的王子。"

国王对三姐妹的心愿很感兴趣，就决定成全她们。不久，三姐妹都被召进宫来，分别实现了自己的心愿，尤其是三妹的婚礼非常**隆重**，两个姐姐都很嫉妒。

不久，王后生了一个可爱的王子。两个姐姐把王子偷偷地放进竹篮里，扔到宫边的运河里漂

走了。两姐妹回宫后，向国王撒谎说："王后生下一条小狗，所以扔掉了。"御花园老总管在运河边发现了河里漂来的竹篮，就捞了上来。王子得救了。

又过一年，王后又生了一个小王子。两个狠心的姐姐又把孩子扔进了运河。她们又撒谎说："王后生了只小猫。"一年后，王后生了一个公主，可仍然没逃过两姐姐的毒手。她们撒谎说："王后生了一根木头。"

国王听说王后生了三次怪胎，非常生气，就无情地把王后关进了一个小木棚里。

老总管教被捞来抚养（供给衣、食、住或其他生活必需品）的三兄妹读书写字，长大后教他们骑马射箭。小妹妹非常聪明，各方面都胜过两个哥哥。

一天，老总管突然得了病去世了，没来得及交代孩子们的身世。他留下许多遗产，兄妹三人来到乡下过着和睦的生活。

有一天，只有公主在家。忽然来了一个奇怪

的老妇，她对公主说："你应该去寻找三样宝贝，第一样宝贝是一只会说话的鸟；第二样宝贝是一棵会唱歌的树；第三样宝贝是黄金水，只滴一滴就会滴满全盆。"公主很高兴。老妇人又告诉了她取宝的地点、路线和方法，然后就悄然走了。

两个哥哥回家后，听到了宝贝的事，都很高兴，于是他们三兄妹决心去寻宝。

大王子第一个去**探宝**，他给妹妹留下一把刀，说："如果刀上出现血迹，就说明我死了。"大王子走了二十多天，在一块岩石上，他见到一个白眉、长须的老僧人。老僧人从身边布袋里取出一只碗给了大王子。大王子把碗扔向前方，那碗就一路飞滚起来，王子策马急追，直到一个山脚下才停住。大王子抬头一看，山的两边都是寻宝失败者化成的黑石头。这时，他身边不时响起吆喝声和取笑声。他装作没听见，**勇敢**（有勇气，有胆量）地向山上走去。忽然，远处又传来一声无法忍受的怪声，他害怕了，想下山

去，刚一转头立刻就身不由己地变成了一块黑石头。

公主在家中看到了哥哥留下的刀上出现血迹，悲痛地哭了起来。二王子没有**屈服**，决心接替哥哥继续寻找宝贝，第二天就出发了。临行前，他交给妹妹一串珍珠，说："如果这些珍珠拨不动了，就说明我已经死去了。"几天后，公主发现那串珍珠突然拨不动了，知道二哥也遇难了。

她**毫不犹豫**（说话、做事果断，一点都不迟疑，形容态度坚决）地骑上马，又出发了。

当她来到那座奇怪的山下时，每听到怪声她就用棉花塞住耳朵，毫不畏惧地登上山去。公主终于在山顶上见到了那只会说话的小鸟。小鸟佩服地说："勇敢的公主，有什么事尽管吩咐吧！"

在小鸟的指引下，她取到了一壶黄金水，又从唱歌树上折下一根能成活的小树枝。她用黄金水，把每块石头都**恢复**了原形，救出了两位哥哥。回家后，公主把能言的小鸟挂在花园的树枝上，把黄金水放在石盆里，把会唱歌的树枝种在花园里。

一天，国王打猎时和两个王子相遇。兄弟二人向国王致敬（表示恭敬，表达敬意），并邀请国王去他们家里做客。公主听说国王要来家中，忙向小鸟请教如何接待国王。能言鸟吩咐说："在南瓜里塞满珍珠作为第一道菜献给国王。"公主问："去哪里找那么多珍珠呀？"鸟儿说："明天早晨花园里会有你需要的珍珠的。"

第二天早上，按照小鸟的指引，公主真的在花园的一棵树下找到了一盒珍珠。国王到来后，公主陪同他参观了音乐树和黄金水，国王感到奇妙极了。他们在别墅里，摆设宴席。第一道菜是一个大南瓜。国王用刀切开，见里面全是珍珠，惊奇不已。这时，小鸟说话了："从前你听说王后生下狗、猫、木头，怎么不觉得奇怪呢？"接着，小鸟向国王说明了兄妹三人的身世。国王激动地拥抱着三个孩子。

guó wáng huí dào gōng zhōng hòu　　lì kè shěn wèn le wáng hòu de liǎng gè jiě
国王回到宫中后，立刻审问了王后的两个姐

jiě　　rán hòu bǎ tā men gǎn chū huáng gōng　　dì èr tiān　　guó wáng hé jūn chén
姐，然后把她们赶出皇宫。第二天，国王和君臣

péi tóng xiōng mèi sān rén yì qǐ yíng huí le tā men de mǔ qīn　　cóng cǐ　　gǔ
陪同兄妹三人一起迎回了他们的母亲。从此，骨

ròu tuán jù　　guò shàng le xìng fú　　hé mù de shēng huó
肉团聚，过上了幸福、和睦的生活。

鉴赏心得

　　善良的事情总是会受到人们的赞扬，丑恶的事情总会遭到人们耻笑和鄙夷。因此我们一定要做一个善良的人，用我们的善良去惩罚那些凶恶的人。

五龄童智助老妇人

名师导读

　　四个商人在游公园的时候，把他们准备做大买卖的一千个金币保管在守门的老妇人那里，这个妇人因此惹来了什么大麻烦？

　　从前，京城里有四个商人，关系很好。一天，他们在一起商量，决定联合起来，去做一次大买卖。于是，他们凑了一千个金币，用一个钱袋装着，然后，到市场上去买东西。在去市场的途中，有一个大花园，很有名气。商人们决定进去玩一玩。他们将钱袋交给守门的老妇人保管，然后进园去了。

　　园子非常大，里面鲜花盛开，流水潺潺（形容溪水、泉水等流动的声音或缓缓流动的样子），十分吸引人。商人们游玩了一段时间，望着清澈的溪水，突然有一个人想到要用溪水去洗头发，另外三个人都齐声附和。于是他们马上行动，其中一个

142

人说道:"要是有一把梳子就好了。"

"那个守门的老妇人肯定有梳子,我去找她借一把吧。"另一个人说着就匆匆地跑去借梳子了。

这个人跑到门口,并不是为了借梳子,而是去找那个老妇人,要回寄存在她那里的钱袋。

但那个老妇人却不肯将钱袋给他。她很谨慎(审慎、细心、慎重),要当着他们四个人的面,才肯交出钱袋。

当时,那另外三个人就坐在离大门不远的地方,守门的老妇人也看得见,还能听到他们谈话。于是,这个借梳子的商人提高嗓音,朝同伴们

大声喊叫："伙计们，她不肯将那个东西给我。"

同伴们以为他是在说借梳子的事情，所以都对老妇人叫道："请您把东西给他吧。"

老妇人见另外三位商人都同意这件事，就将钱袋交给了他。他拿起钱袋就往外走，很快就不见踪影了。可怜他的三个同伴还一直在原地等他借梳子来洗头发呢。他们等了很久，仍不见同伴回来，觉得很奇怪，心想那个老妇人怎么如此吝啬（过分爱惜自己的财物），借把梳子用用都不行。于是，他们一起来到园门口，责问那个老妇人道："难道借你一把梳子用用都不行吗？"

老妇人一听，觉得有些接不上茬，连忙辩解道："你们什么时候要借梳子了？他明明要我将钱袋给他。你们同意，我就给他了。"

商人们一听觉得情况不妙，那个同伴肯定把钱袋给拐走了。他们焦急之下，大声责问老妇人："你怎么能将钱袋单独给他呢？"

"你们不是叫我给他的吗？"

"我们是要你给他梳子，并没有叫你给他钱袋呀！"

老妇人感到自己被冤枉了，急得大喊大叫道："那个人根本就没提梳子的事情。"

商人们认为：肯定是这个老妇人讹诈（假借某种理由向人索取财物），想将钱据为己有。于是，不由分说地将她带到法官那里。法官本就**昏庸**，他听了商人们的陈述，也不仔细调查，就一口判定守门的老妇人将钱袋藏起来了，逼她赶快交出来。

可怜这个老妇人一片好心，为人保管钱袋，却不料为自己招来如此大祸，被人冤枉。她又气又急，漫无目的地在街上行走，竟似有点痴痴呆呆的模样。她的异常举动引起了一个五岁小孩子的注意，他上前同她打招呼，询问她出了什么事。

老妇人一看对方年仅五岁，怎能理解自己的一片苦心呢？跟他讲话还不是**对牛弹琴**吗？因此，对他不予理睬，但那个小孩却不停地追问她。没有办法，她只得将事情的经过简单叙述了一遍。说完，她不断地**长吁短叹**（因伤感、烦闷、痛苦等不住地唉声叹气）。

小孩听罢，若无其事地说道："您别着急，我可以想个办法，让你摆脱责任。不过，你要先给我一个金币让我去买糖吃。"

lǎo fù rén nǎ lǐ huì xiāng xìn miàn qián zhè gè huáng kǒu xiǎo ér bú
老 妇 人 哪 里 会 相 信 面 前 这 个 黄 口 小 儿 ？ 不

guò tā xiàng lái xīn dì hěn hǎo yǒu qiú bì yìng suǒ yǐ tā tāo chū
过 ， 她 向 来 心 地 很 好 ， 有 求 必 应 。 所 以 ， 她 掏 出

yī méi jīn bì dì gěi xiǎo hái bìng qiě shuō dào zhè qián nǐ ná qù
一 枚 金 币 ， 递 给 小 孩 ， 并 且 说 道 ："这 钱 你 拿 去

买糖吧。我哪里能指望（一心期待；盼望）你帮忙呢。""是这样的，你到法官那里，对他说：'当初他们将钱袋寄存到我这里的时候，就已经约好，一定要等四个人都到齐了，才能交出钱来。'这样法官就会放过你了。"

老妇人一听，觉得**不妨**去试试。于是，她来到法官那里，将小孩教她的话说了一遍。法官听罢，连忙吩咐请那三位商人前来对质。商人们听后，承认当初有这样的约定。法官这才明白自己先前判定有误，连忙判老妇人无罪。

这样，这个老妇人在一个五岁小孩的帮助下，洗刷了冤屈，保住了清白。

鉴赏心得

　　清白的东西终究会有一天证明是清白的，污浊的事物终究是要露出真相的。由此可知善良正直的人终究会有好报的。

yú hé xiè de gù shi
鱼和蟹的故事

名师导读

　　一个鱼塘快要干涸了，于是足智多谋的一尾鱼建议找阅历丰富的螃蟹来商量商量。经验丰富的螃蟹给鱼儿们出了什么主意？鱼儿们最后如愿了吗？

　　cóng qián　　　yī qún yú zhù zài mǒu dì de　yī gè shuǐ táng lǐ　　tā men
　　从前，一群鱼住在某地的一个水塘里，它们

de shēng huó guò de hěn kuài lè　　yóu yú tiān jiǔ hàn bú xià yǔ　　táng zhōng de
的生活过得很**快乐**。由于天久旱不下雨，塘中的

shuǐ màn màn jiǎn shǎo　　jī hū dào le gān hé de dì bù　　táng zhōng de yú qún
水慢慢减少，几乎到了**干涸**的地步。塘中的鱼群

jué chá dào tā men zhèng shēn chǔ xiǎn jìng　　yǎn kàn jiù yào kě sǐ le　　yú shì
觉察到它们正身处险境，眼看就要渴死了，于是

yǒu yī wěi yú kǎi tàn dào　　zhè cì wǒ men huì luò de zěn yàng de xià chǎng
有一尾鱼慨叹道："这次我们会落得怎样的下场

ne　　wǒ men gāi zěn me bàn ne　　zhǎo shuí gěi wǒ men chū gè zhǔ yì ne
呢？我们该怎么办呢？找谁给我们出个主意呢？"

tā men dāng zhōng nián líng zuì dà　　bǐ shuí dōu zú zhì duō móu　富有智慧，
它们当中年龄最大、比谁都**足智多谋**（富有智慧，

善于谋划）de yī wěi yú tǐng shēn ér chū　　shuō dào　　chú le qí qiú wěi
善于谋划）的一尾鱼**挺身而出**，说道："除了祈求伟

dà de ān lā bǎo yòu　　wǒ men hái néng gòu zuò xiē shén me ne　　bú guò wǒ
大的安拉保佑，我们还能够做些什么呢？不过我

men kě yǐ qù zhǎo páng xiè lái shāng liang shāng liang　　qiú tā gěi xiǎng gè bàn fǎ
们可以去找螃蟹来商量商量，求它给想个办法。

yīn wèi tā shì zán men de tóu lǐng　　yǒu jīng yàn　　yuè lì yòu fēng fù　　jiàn
因为它是咱们的头领，有经验，阅历又丰富，见

shi yòu guǎng　　zài tā de bāng zhù xià　　wǒ men kěn dìng néng dù guò nán guān
识又广。在它的帮助下，我们肯定能渡过难关。"

于是大家不约而同（没有事先商量而彼此见解或行

动一致）来到螃蟹的家中，见螃蟹正独自坐着，对

鱼群碰到的困难、险境，竟一点也不知晓。鱼群

向螃蟹请安问好后，就向它请求道："我们的主

人啊！我们都非常敬重您，您肯定会拯救我们

的生命的。"螃蟹向鱼群问好，说道："你们究竟

怎么了？我能帮助你们做些什么呢？"鱼群就把出现的情况，以及它们所面临的危险，详细述说了一番，然后说道："因此，我们前来拜访您，求您给我们想个办法让我们摆脱险境，我们会对您感恩不尽的。"

螃蟹低头沉思了片刻，说道："从你们对伟大的安拉的**慈悯**以及他对给百姓准备充足的粮食等事的绝望态度来看，不用说了，你们是多么地无知**愚昧（缺乏知识，愚蠢而不明事理）**啊！难道你们不知道伟大的安拉无偿地提供给他的每个奴仆衣服食物，并且在创造宇宙万物以前，就决定了他们的年龄、衣食吗？为什么还要为已经决定的事情担惊受怕、自找苦吃呢？让我说，我们所能想到的最佳方法是大家诚心诚意地祈求伟大的安拉保佑、**庇护**。求他保佑，让我们大家免遭灾祸。因为伟大的安拉是不会让托庇他的人失望的，对向他求援的人是从来不被拒绝的。总而言之，只要大家公正谦逊，诚实做人，我们就会有好结局，就能获得恩赐和奖赏。到时候，安拉会答应我们虔诚的祷告，天一下雨，咱们不就有救了吗？所以我劝大家好好儿忍耐，耐心等待安拉的赏赐。到时候，假若死亡一旦降临，咱们也算寿终正寝（原指老死在家里，现比喻事物自然灭亡），也没有什么留恋的。如果到了一定

153

要逃荒不可的地步，咱们立刻动身起程，离开家园，前往安拉所指示的地方去。"

鱼群听了螃蟹一番话，都表示赞成："我们的主人啊！您说的千真万确，希望伟大的安拉替我们好好儿地赏赐你。"随后它们相继告辞，回到自己的栖息处。

没过多长时间，伟大的安拉答应鱼群的祈求，上天果然下了倾盆大雨。地上的洪水泛滥，塘中的积水逐渐增多，终于超过了原来的水位，满足了鱼群的需要，大家翩翩起舞，共同感谢安拉的恩赐。

鉴 赏 心 得

　　螃蟹对自己做的事情有坚定的信心，而且能够耐心镇定地处理眼前遇到的事情，这一点非常值得我们学习。

懂鸟语的恶仆

名 师 导 读

一个心怀鬼胎的小伙子如愿以偿地被卖到一个主人家。他是怎样算计这家主人的？最后得逞了吗？

从前，京城里有一个活泼开朗的人。一天，他到市场上去买东西，恰好碰到一个年轻人站在街旁，身上插着标牌，上面写着自己愿意给人为仆。

那个人正准备请一个仆人，见这个小伙子长得健壮结实，又显得非常机灵，于是与经纪人讨价还价，最后买下了小伙子，然后，将他带回家中，当仆人使唤。一天晚上，主人夫妇商量事情，临睡前，丈夫要老婆第二天带着仆人，到公园里去散心解闷。老婆十分感激丈夫对自己的关心。

没想到那个才买回来的仆人，本是个好吃懒做、心术不正的奸诈（奸伪狡猾）小人。自他走入主人家第一天起，就在想方设法，等待机会，谋杀主人，将他的老婆和财产占为己有。这天晚上机会终于来了。他在上厕所时，偶然听到主人夫妇的谈话，知道太太第二天要到公园去玩。他眉头一皱，计上心来。于是，他趁主人夫妇熟睡之际，连夜到厨房做好一些食物，又到贮藏室拿了一些水果，用一个提篮盛着，悄悄地开了门，向公园摸去。来到公园，他摸黑将食物和水果藏在

157

路旁的几棵树下，做好标记，然后回到主人家，悄悄上床休息。

第二天一起床，主人果然叫仆人准备好食物和水果，陪着夫人到公园去玩。仆人心知肚明（心里明白但不说破，形容心中有数），做好一切准备，然后将夫人扶上马，往公园走去。他们来到昨晚藏食物和水果的树下，正好树上有一只乌鸦在乱叫，说："仆人蒙骗夫人。"只见他对乌鸦连连点头，嘴里不停地说："知道了。谢谢你。"

夫人不明就里，十分好奇地问仆人："你在

说些什么呢？难道你在跟那只乌鸦说话？"

"的确是这样，夫人。"

夫人一听感到更奇怪了。"难道你听得懂鸟语？那么，它又在说些什么呢？"

仆人装着十分**诚恳**地一笑，然后答道："是的，夫人，我懂鸟语。乌鸦在说，它已经为你准备好一切，全都放在那几棵树下，要您自己去取呢。"

夫人听罢，更加觉得惊异。"天底下竟有如此的事情？乌鸦怎么知道我今天要到公园来玩呢？并且，它还给我准备好了吃喝。它难道是神仙，能**未卜先知（没有占卜便能事先知道，形容有预见）**？或者是主的使者，受主的**派遣**，前来施恩于我？"夫人百思不得其解，最后决定先去看看树下到底有什么东西。于是，她叫仆人扶她下马，走到树下，拨开草丛一看，大吃一惊，各式干鲜果品呈现在她的眼前。

这下，她相信了几个事实：仆人真的听得懂鸟语；那只乌鸦肯定是主的使者。这样一想，她高兴极了，对仆人也**另眼相看**，十分尊敬。

正当她们坐下来，一起分享主的赐予的时候，树上的那只乌鸦又开口了。夫人正要问仆人乌鸦讲了些什么，却见仆人脸色陡变，拾起一块石头猛地向乌鸦掷去，乌鸦吓得仓皇逃走了。

夫人对仆人的举动感到非常奇怪，连忙问道："你怎么对它如此呢？它刚才说了些什么呀？"

"夫人，您就不要追问了。它刚才**出言不逊**（指某人说话态度傲慢，言语不客气），指使我去做对不起您和老爷的事情。"

"你不妨说出来吧。它是主的使者，说话绝对没有错。我发誓一定听它的吩咐。"

仆人装出**难以启齿**的样子，犹豫了半天，才说道："它叫我杀死老爷，然后娶您做我的妻子。"

夫人许下诺言要帮仆人做成此事。仆人心中高兴，**庆幸**自己阴谋得逞。于是，两人竟开始谋划如何对付老爷的事情。不一会儿，老爷来到公园，夫人已躺在地上，眼含泪花，老爷见状十

fēn shēng qì de hē chì pú rén
分生气地呵斥仆人：
gāi sǐ de nú cai   nǐ shì zěn
"该死的奴才，你是怎
me fú shi fū rén de
么服侍夫人的？"

pú rén suí jī
仆人 随 机
yīng biàn
应变（随着情况的
变化灵活机动地应
付），答道："不
guān wǒ de shì   fū rén
关我的事，夫人
yìng yào pá dào shù shàng qù
硬要爬到树上去
wán   yī bù xiǎo xīn
玩，一不小心
shuāi le xià lái   hūn mí
摔了下来，昏迷
guò qù   xìng kuī wǒ jiù de jí
过去；幸亏我救得及
shí   tā cái méi sǐ qù   rú jīn tā
时，她才没死去。如今她
yǐ méi yǒu xìng mìng zhī yōu   zhǔn bèi xiū xi yī xià   zài fú tā huí jiā
已没有性命之忧，准备休息一下，再扶她回家。"
fū rén tīng bà   jìng tóng pú rén yī qǐ yǎn qǐ le shuānghuáng   mēng piàn
夫人听罢，竟同仆人一起演起了双簧，蒙骗
zhàng fu   zhuāng chū shí fēn tòng kǔ de yàng zi   lǎo ye běn lái jiù chǒng ài
丈夫，装出十分痛苦的样子，老爷本来就宠爱
lǎo po   jiàn cǐ qíng jǐng   xīn lǐ hěn tòng kǔ   lián máng shàng qù fú qǐ lǎo
老婆，见此情景，心里很痛苦，连忙上去扶起老
po   hē chì pú rén bèi mǎ   rán hòu wǎng huí zǒu   yī lù shàng   tā bù
婆，呵斥仆人备马，然后往回走，一路上，他不

停地<ruby>安慰<rt>ān wèi</rt></ruby>她，竟不知自己的性命不长久了。

可不久，夫人因摔伤了腰又受了惊吓，生了一场大病，死去了。主人十分悲痛，怪仆人没有照顾好夫人，把他赶出去了。仆人费尽心机，最后什么也没得到。

鉴赏心得

　　我们不要一心只想得到别人的劳动果实，自私自利不考虑别人的感受。要知道那些心术不正，总想不劳而获的人到头来总是徒劳一场。

hú li hé yě lú de gù shi
狐狸和野驴的故事

名师导读

一只狐狸三天都没吃到东西了，可是后来吃到了驴心。另一只狐狸就模仿那只狐狸几天不吃不喝，它等到驴心吃了吗？

gǔ shí hou yǒu yī zhī hú li，wèi le chī bǎo dù zi，měi tiān dōu
古时候有一只狐狸，为了吃饱肚子，每天都

yào qù sōu xún（搜索，寻求，仔细地寻找隐藏的人或东西）liè
要去搜寻（搜索，寻求，仔细地寻找隐藏的人或东西）猎

wù。yǒu yī tiān，tā qù shān zhōng mì shí，bēn zǒu le yī tiān，bàng wǎn
物。有一天，它去山中觅食，奔走了一天，傍晚

huí dào wō de shí hou，pèng dào lìng yī zhī hú li，liǎng zhī hú li wú shì
回到窝的时候，碰到另一只狐狸，两只狐狸无事

kě zuò，jiù xián liáo qǐ lái。tā men yī tán jiù tán dào bǔ shí zhè jiàn shì，
可做，就闲聊起来。它们一谈就谈到捕食这件事，

yú shì nà zhī hú li biàn dé yì de shuō："wǒ zhěng zhěng sān tiān méi bǔ dào
于是那只狐狸便得意地说："我整整三天没捕到

dōng xi chī le，kě hòu lái wǒ pèng jiàn yī tóu yě lú，wǒ gǎn jī zhǔ wèi
东西吃了，可后来我碰见一头野驴，我感激主为

wǒ zhǔn bèi zhè me fēng shèng（丰富，充足，多指物质方面）de shí
我准备这么丰盛（丰富，充足，多指物质方面）的食

wù。wǒ chōng shàng qù yǎo pò yě lú de dù pí，chī le tā de xīn，wèi
物。我冲上去咬破野驴的肚皮，吃了它的心，味

dào zhēn hǎo。hòu lái wǒ jiù huí dào wō zhōng shuì jiào。cóng nà tiān zhī hòu，
道真好。后来我就回到窝中睡觉。从那天之后，

wǒ yòu yǒu zhěng zhěng sān tiān de shí jiān méi bǔ dào shí wù，kě wǒ yī diǎn è
我又有整整三天的时间没捕到食物，可我一点饿

de gǎn jué yě bù céng yǒu。"
的感觉也不曾有。"

zhè zhī hú li tīng le nà gè tóng bàn de huà　　fēi cháng xiàn mù　　tā
这只狐狸听了那个同伴的话，非常羡慕，它

àn zì shuō　　　nǎ tiān wǒ yě chī gè yě lú shì shì　　yú shì yǐ hòu de
暗自说："哪天我也吃个野驴试试。"于是以后的

jǐ tiān tā dōu bù chī bù hē　　pàn zhe yǒu yě lú xīn chī　　kě lián yě lú
几天它都不吃不喝，盼着有野驴心吃，可连野驴

影子都没有，狐狸饿得差一点儿就要断气，从前的那份体力和好精神都没有了，它走不动，只好**蜷伏**（弯曲身体卧着）在窝中等死。

就在这时，有两个进山打猎的猎人发现一头野驴，一直追了它一天，也没捉到。最后有个猎人就放了一枝带叉的箭矢，刚好射中野驴的心脏。野驴**负伤**而逃，刚跑到那只等着吃野驴心的狐狸窝前，因为伤势太重，一下子瘫倒在地，死了。猎人寻迹追来，发现野驴已经死了，想将箭拔出来，拔了半天，只拔下箭杆，箭头留在野驴心中了。

那天晚上，狐狸实在忍不住饿的**滋味**，它强撑着出了窝，一下子发现了野驴。它高兴得差点儿晕过去，说道："主终于满足我的愿望了，我也可以**不劳而获**（自己不劳动却占有别人的劳动成果）一回了。先前，我可从来没**奢望**有一头野驴躺在我的窝前。这是主赐予我的。"于是狐狸赶紧纵身跳到野驴身上，把它的肚皮咬破后，把头伸进驴

肚子，七拐八拐，好不容易找到驴心，一口吞下，嚼也不嚼就往下咽。它不知道在驴心中还有箭头，结果箭头卡在它的喉咙里。它想吞吞不进，想吐吐不出，于是**感叹**道："真的，为什么我不知足呢？作为奴婢应当知足一些；我真不该超越主的分配去求不属于我的财物。我要能知足常乐（形容安于已经得到的利益、地位），哪里会落得自寻死路的下场呢？"

第二天，猎人弄走了那头驴，也带走了旁边的那只被卡死的狐狸。

鉴赏心得

　　狐狸不知道只有自己努力获得的东西才用得放心和坦然。因此我们要从小养成勤奋努力的习惯，做事不能投机取巧。

liǎng gè miàn bǐng de gù shi
两个面饼的故事

名师导读

一个善良的女子因施舍了快要断气的乞丐，厄运不断。可这时女子的身边突然出现了两个奇怪的白衣人。这两个白衣人是谁？女子获救了吗？

gǔ dài yǒu gè bào jūn　　bù zhǔn lǎo bǎi xìng jiù jì
古代有个暴君，不准老百姓救济（用金钱或物
资帮助生活困难的人）那些流落到城里的乞丐。"那
xiē āng zāng de qǐ gài　　huó gāi è sǐ tā
些肮脏的乞丐，活该饿死他
men　　tā shuō　　lǎo bǎi xìng yīn
们！"他说。老百姓因
cǐ rén rén zì wēi　　jí shǐ
此人人自危，即使
kàn dào liú lí shī suǒ
看到流离失所、
jī hán jiāo pò de rén
饥寒交迫的人
yě bù gǎn shēn chū yuán zhù
也不敢伸出援助
zhī shǒu　　yīn wèi guó wáng
之手，因为国王
yǒu lìng　　fán sī zì
有令："凡私自
shī shě de rén　　yī lǜ
施舍的人，一律
yǐ kǎn shǒu zhì zuì
以砍手治罪。"

这天，一个饿得快要断气的乞丐来到一个**善良**的女子门前，请求她给一点食物充饥。

"你不知道国王有令吗？"那女子说，"如果我给了你食物，我就要被砍掉两只手呢！"

但那女子实在不忍看到这乞丐在自己的门前死去，她做了个手势，让乞丐跟进屋，然后拿出两个面饼，催乞丐快吃下。

没想到，这一切被巡逻的卫兵看见了。消息传到宫中，国王**大发雷霆**，立刻吩咐卫兵把这个胆敢违反国王禁令的女子抓进宫来，残忍地砍掉了她的两只手。那女子成了残废，回到家中又被无情的丈夫赶了出来。

她背着孩子**漫无目的（没有目标）**地走着，回想自己因为施舍给乞丐两个面饼，便落到如此悲惨的境地，禁不住泪流满面。

后来，她走得渴了，便来到一条河边，低下头喝水，没想到背上的孩子一**骨碌**掉进了河里。

她大声呼救，可四周没一个人。她真正地

_{jué wàng le　　zuò zài hé biān　háo táo tòng kū}
绝望了，坐在河边号啕痛哭（形容非常伤心地大声痛哭）

_{qǐ lái}
起来。

_{zhè shí　　liǎng gè bái yī rén tū rán chū xiàn zài tā miàn qián}
这时，两个白衣人突然出现在她面前。

_{fū rén　　nǐ wèi shén me kū de zhè yàng shāng xīn}
"夫人，你为什么哭得这样伤心？"

_{wǒ de hái zi diào dào hé lǐ qù le ya}
"我的孩子掉到河里去了呀！"

_{ràng wǒ men bāng nǐ dǎ lāo qǐ lái ba}
"让我们帮你打捞起来吧！"

_{liǎng gè bái yī rén hé zhǎng nán nán　qí dǎo}
两个白衣人合掌喃喃祈祷（向神默告自己的愿望，

祈求免祸降福），落入水中的孩子渐渐浮出水面，安然回到女子的怀抱。

女子感激得不知说什么好，俯下身子向两个白衣人深深施礼。白衣人又问："你想重新长出两只手吗？"

女子几乎不敢相信自己的耳朵。还没等她回过神来，她的两只手已经在白衣人喃喃的祈祷中重新长出来，而且，每只手里都有一颗硕大的宝石。

女子惊讶地问道："你们是谁？"

"我们就是你施舍给乞丐的那两个面饼啊！"白衣人说罢飘然而去。

鉴赏心得

　　故事中的女子走投无路的时候出乎意料地得到了白衣人的救助。可见善人总归有善报，我们也要像她一样，拥有一颗善心。

洗染匠和理发师

阴险狡诈的洗染匠总是让客户的衣物有来无回，后来他和老实的理发师商量一起到城市发展。洗染匠和理发师最后有什么不同的命运呢？

在某个城市的同一条街上，住着两个手艺人。一个是以洗染各种衣物和布匹为生的洗染匠，一个是以给人剃头理发为生的理发师。他们俩的铺子紧挨着。

作为手艺人，本应该诚实而辛勤地工作，可洗染匠不是这样的人。他不但**阴险狡诈**，还**厚颜无耻**（指人脸皮厚，不知羞耻）。每当有人将衣物或布料送到他的铺子里漂染，结果总是一样的：要么是东西在洗染的时候被偷了，要么就是不断发生意外导致东西不见了。总之，只要有人把自己的东西交给洗染匠，就别想再拿回去。

难道洗染匠这里总有倒霉的事情发生吗？其

实，所有的事情都是洗染匠一个人干的。每当有人送东西来洗染，他总是先收下工钱，再把客人的东西卖了，然后，**心安理得**（自以为做的事情合乎道理，心里很坦然）地用别人的钱 享受。

客人来取东西的时候，洗染匠除了以上的各种借口**推脱**耍赖外，近来他又发现了一个"好"办法：每天躲到理发师的屋子里，看到有人给自己的店里送东西，他就出去迎接；看到有人来取东西，他就马上溜走。

没过多久，洗染匠的生意就做不下去了。许多顾客因为要不回自己的东西而感到非常**愤怒**，他们把洗染匠告上了法庭。在一天清晨，洗染匠的铺子被

查封了。

洗染匠没有骗人的办法了，就来找理发师唠叨，埋怨（因为事情不如意而对造成结果的事物表示不满）自己的命运不好。不明真相的理发师听到这样的话，也感慨地说："唉！是呀！就因为我穷，到我这儿理发的人也很少。我也快活不下去了。"听到理发师这么说，洗染匠马上有了一个主意，他说："不如我们去别的城市发展吧，说不定会有好运气。"

理发师一听，觉得很有道理，于是二人简单地收拾了一下，准备出发。这时，洗染匠对理发师说："到外面需要互相帮助，不如我们结拜为兄弟吧。""对！有道理。""于是他们在出发前的几个小时，结拜成了兄弟，发誓从此互相帮助，不离不弃（永远在身边，永不分离，永不抛弃）。

他们登上一艘大船启航了，到船上没多

久，好运气就来了。因为船要在海上航行很多天，好多人因为自己的头发长长了而感觉不舒服。这时，理发师的本事派上了用场，他不停地给乘客理发，乘客们不是给他吃的，就是给他钱。每忙完一天，理发师总是把吃的东西分成两份，和洗染匠一起享用。而洗染匠呢，总是以自己晕船为借口，躺在床上，天天吃了睡，睡了吃。

即使这样，理发师一点儿也不埋怨洗染匠。

不久，他们到达了一个陌生（事先不知道，没有听说或没有看见过的）的城市，理发师用在船上赚来的钱在旅店租了一个房间。可是洗染匠仍然和在船上一样，谎称自己头晕，天天躺着不起来。理发师每天不是忙着给洗染匠做饭，就是带着剃头工具去街上赚钱。理发师每天都这样辛勤地忙碌着。一天，他病倒了，躺在床上起不来了。洗染匠看到没人给自己做饭了，很不高兴，特别是想到还要伺候（在人身边供人使唤，照料饮食起居，招待人）眼前的这个病号，心里就更不舒服了。当天晚上，他就把理发师赚的钱都偷了，扔下生病的理发师，一个人溜走了。

洗染匠溜到另一座城市，发现这个城市里生活的人很怪：穿的衣服只有蓝和白两种颜色。他跑到染坊一打听，才知道这里所有的染坊都只会染蓝色。哈哈！这下有机会了。洗染匠马上去一家染坊找工作，但却吃了闭门羹。原来，这里所有的染坊都不接收外地人工作。洗染匠一生气，就找到国王说："国王，我会染各种各样的颜色，能让人们穿的用的都非常鲜艳、漂亮。"

国王一听很高兴，立刻拨款、选地址，让洗染匠开了一家规模庞大的染坊。这件事轰动了整个城市。许多达官贵人都跑来把自己的衣服染成艳丽的颜色，平民百姓当然也不示弱。一时间，洗染匠的生意异常红火。国王很高兴，洗染匠也一下子成了富人。

自从洗染匠偷了理发师的钱跑掉后，病中的

一千零一夜

理发师便更 穷困潦倒（生活贫困，失意颓丧），一连
饿了好几天，要不是好心的旅店主人听到理发师
的呻吟声，说不定这个可怜的人已经被饿死了。
旅店主人免费给理发师看病，提供吃住，理发师
这才活了下来。理发师的病刚好，就急忙上路离
开了这里，并对旅店主人千恩万谢，因为他不想
再拖累别人。

　　理发师一边给人剃头，一边流浪。
　　这天，他来到了洗染匠所在的这个城

179

市。一进城，他就听到这里的人都在谈论洗染匠的染坊。理发师又听了一下，确定洗染匠果然在这里发财了。他立刻跑到染坊要求见洗染匠。不料，洗染匠见到理发师，好像不认识他似的，还让人把理发师拖到门外毒打了一顿，打得理发师浑身酸疼。

理发师在街上漫无目的地走着，觉得身上很**难受**，想起已经很长时间没洗澡了，不行，得找个地方洗洗澡。咦？真奇怪！这么大的一座城市，竟然没有一个澡堂。理发师一打听，原来这里的确没有澡堂，就连国王洗澡也要到海里去洗。好！这下有主意了。理发师找到国王说："尊贵的国王，这么美丽的城市没有一个洗澡堂怎么行，我希望能为这个城市修建一个洗澡堂。"洗澡堂是什么？国王不明白。听了理发师的解释，国王很高兴！他立刻拨款、选地址，让理发师修建了一座**宽敞**漂亮的洗澡堂。

城里建了一个洗澡堂！这个消息很快**不胫而**

走（没有腿却能跑，形容传播迅速），许多人闻讯都来洗澡，一时间，理发师的洗澡堂名声大震。开业的第四天，国王也来这里洗澡了，理发师亲自侍奉搓澡，又派专人按摩，让国王又舒服、又高兴。王公大臣们也都趋之若鹜，纷纷体验洗澡带来的快乐。没过多久，理发师也成了一个富人。

洗染匠听说理发师开了一个洗澡堂，也厚着脸皮来洗澡。一见到理发师，他就装成刚刚见面的样子，对理发师亲热极了。理发师提起自己在染坊被打的事，洗染匠假装糊涂地说："哎哟！我怎么没看出来是你呀！我怎么能打我的兄弟呢？一定是误会。我一直到处打听你的消息呢！"憨厚（形容人憨态可掬，忠厚老实）的理发师相信了洗染匠的话，原谅了他以往的过错，还亲自给他搓澡。忙完后，洗染匠说："对了，你这个澡堂很好，如果能有脱毛药就更好了。你应该用砒霜和白灰做一种脱毛药，等国王来的时候，给他的腋下抹一点儿，国王一定很高兴。""对！这是个好主意。"理发师又一次相信了洗染匠的鬼话。看到理发师开始做脱毛药了，洗染匠一路小跑着来见国王，对国王说："不好了，理发师想害死你，他正用毒药做脱毛药呢。你下次洗澡的时候，他就会动手。"国王一听，什么？这还了得！他决定第二天就去洗澡堂，看看理发师是不是要用脱毛药。

第二天，国王来到洗澡堂，理发师马上亲自迎接。在帮国王洗澡的时候，理发师拿出配好的脱毛药要给国王用。国王拿起脱毛药一闻，里面果然有砒霜的味道。国王愤怒了，他吩咐侍卫拿下理发师，又叫来御船的船长，命令说："船长，你把这个理发师带走，把他塞进装满石灰的麻袋里，我要把这个反叛（背叛，叛变）的家伙淹死、烧死。"

国王哪里知道，这个御船船长是理发师的好朋友，每次船长来洗澡，理发师都不要钱，还亲自搓澡。船长这次怎么能不救理发师呢？他相信理发师是不会害国王的。

把理发师押解到自己的地方后，船长说："我不能害你，你现在躲在我这里，我会想办法救你。"理发师很感激船长，他说："我该怎么报答你呢？"船长说："我每天都要给国王打鱼，今天光顾着你的事情了，还没打鱼，你帮我打鱼吧！"

理发师很高兴能帮船长的忙。船长找来一块和理发师身体差不多大的石头，塞进了一个装满白灰的麻袋里，然后开船到国王的王宫前请命。国王一挥手，下令行刑。"扑通"一声，麻袋被扔进了海里。亲眼见到反叛者被扔进海里了，国王并没有高兴，因为他在挥手的一瞬间，保护自己当国王的戒指被甩了出去，掉进了海里。这件事可不能让大臣们知道，不然自己的王位就保不住了。

国王正在着急的时候，理发师则还在海边打鱼。嘿！他打的鱼还真多，理发师自己看着都馋了。他从鱼堆里挑了一条大鱼，准备炖了和船长一起吃。当他剖开鱼肚子后，意外地在鱼肚子里找到一枚戒指，他把戒指顺手带在自己手上，然后继续干活。这时，国王的侍卫来取鱼，理发师挥起带着戒指的手打招呼。没想到，亮光一闪，两个侍卫竟一下子倒在地上，被戒指杀死了。理发师正纳闷（对事情感到疑惑不解）呢，船长回来了。一见到戒指和已经死掉的侍卫，船长立刻明白了：国王把能保护王位的魔法戒指丢了。理发师知道了这枚戒指的神奇，便立刻去见国王。

国王正在为丢戒指的事发愁呢。见理发师没死，国王很吃惊！理发师拿出国王的戒指说："尊敬的国王，我没有谋害您，您冤枉我了。我刚才找到了您至高无上（再也没有更高的了）的戒指，把它还给您。"理发师又把自己没死的原因和找到戒指的经过讲了一遍。国王接过戒指，感激地说："我错怪你了！"理发师趁机询问自己被处死的原因，国王就把洗染匠告密的

事情说了。听完
国王的话，理发
师很生气，就把
洗染匠以前所做
的事情都告诉了
国王。国王听了
愤怒极了，转而
下令将洗染匠扔
到海里去了。

国王想对忠厚善良的理发师委以重任，理发师却对做官不感兴趣，他只想回到自己的家乡。国王答应了他。不久，理发师带着国王赠送的礼物回到了故乡，从此，他一直过着幸福的生活。

鉴赏心得

洗染匠和理发师不同的命运结局告诉我们：待人接物要诚实守信，做个善良的人，做个勤劳的人，这样才能交上真诚的朋友，才能真正幸福地生活。

哈里发和懒汉

哈利发国王听说一个懒汉那里有一颗宝石正好能用在新做的王冠上，他奇怪懒汉怎么会有这么多宝物？为什么说这个懒汉是个不是懒汉的懒汉？

这个故事发生在一个国王叫作哈里发的国家里。

一天，哈里发·拉希德坐在王宫里休息，他的侍从走进来说："高贵的哈里发，王后为您做的新王冠上缺一颗巨大的宝石，您看怎么办？"哈里发马上命人去找宝石。侍从经过多方打探（打听，探问，通过询问探听情况），回来报告哈里发说："听商人们说，在另外一个城市里，住着一个懒汉，他那里有能用在王冠上的宝石。"国王于是吩咐宰相写了一封信，差一个卫士送给懒汉。

卫士来到懒汉居住的城市，让地方官陪着，亲自到懒汉家登门**拜访**。懒汉热情地接待了来自王宫的使者，还送给卫士和地方官许多礼物。

三天后，卫士要带着懒汉去见哈里发了。这个富有的懒汉带了好多珍宝。

经过几天的跋涉，懒汉出现在哈里发的大殿上。懒汉说："高贵的哈里发，请收下我给您带来的礼物。"说着，懒汉让人打开了装满礼物的箱子，里面竟然有好多能够镶嵌在王冠上的宝石。哈里发没想到，一个被称为"懒汉"的人，竟然有这么多名贵的珠宝，太令人难以置信（出乎意料，让人难以相信）了。

看到哈里发的表情，懒汉说："高贵的哈里发，我还会变魔术。"接着，懒汉挥了挥双手，大殿上竟出现了一座房子。懒汉隔着门窗对着房子里面说话，房子里竟传出小鸟的叫声。这太神奇了！

这个懒汉到底是什么人呢？哈里发问："你这么有能耐，为什么被人叫作'懒汉'呢？"

望着哈里发迷惑的表情，懒汉解释说："其

实，我只是一个普通人，我就把自己经历的事情讲给高贵的哈里发听吧。"哈里发说："快快讲来。"

懒汉讲起了关于自己的故事：

我小的时候，的确非常非常懒，可以说，我是全天下最懒的人。只要一坐下来，哪怕太阳能把人晒晕，我都懒得起来到**阴凉**的地方去。

我长到十五岁那年，父亲去世了，家里只能靠母亲给人家做佣人来**维持**生活。那时，我仍然和以前一样懒。

一天，我母亲实在看不下去了，她拿出家里仅有的五个银币说："孩子，你不能再懒下去了，快用这五个银币去做生意吧。"尽管我不**情愿**（心里愿意），但依然被母亲带着见了一个正要坐船到外地经商的老人。老人接下那五个银币，对我母亲说："我一定用这些钱给你们带点货物回来，好让你的孩子做点生意。"

接着，我就**懒洋洋**地和母亲回到家里，等待老人的消息。

不久，老人和几个商人一起出发了。经过长途旅行，他们走了好多国家，做了好多生意，又带着好多物品踏上了回家的旅程。

当船在海上行驶三天后，老人忽然想起忘了给我带货物了，就想返航给我去买，但其他商人都不同意。

最后，大家一商量，每个人凑了点钱，就算是我的那五个银币赚的。

一天，他们来到一座岛上，老人看到一只猴子很可爱，就用为我准备的钱买了这只猴子，想带回来让我卖了赚更多的钱。

船继续航行，他们又来到一个岛上，糟糕的是，这个岛上竟然住着许多吃人的土著人。船上的人都被绑了起来。就在危急时刻，那只猴子偷偷解开了绑在老人身上的绳子。其他商人于是也请求猴子解开捆绑自己的绳子，并当着老人的

面 承诺（对某项事务答应照办）每人给猴子一千金币。

就这样，猴子为我赚到好多钱。

后来，老人的船终于回家了。当母亲和我接到老人送来的猴子和金币时，都非常感激。我当即决定，以后再也不懒了，我要在市场开个店铺，学着做生意。

一天，我的那只猴子忽然说话了，它说："你应该娶个妻子了。"看见我同意了，猴子又亲自指定我娶一户人家的女儿。

第二天，我带着好多礼物到猴子指定的那户人家去求亲。幸运的是，那家的主人同意把他的女儿嫁给我。

我要结婚了。在结婚的前一天，猴子对我说："结婚的那天晚上，你一定要走进新娘家的仓库，杀掉里面的一只公鸡，再砍倒仓库里立着的旗杆。这样，会对你有好处。"我很相信猴子的话。结婚那天晚上，等新婚妻子睡着后，我悄悄走进库房，杀掉了里面的公鸡，砍倒了立着的旗。

就在这时，我妻子醒了，她对我说："完了，由于你的错误，我要被妖魔抓走了。"

她的话音刚落，一个妖魔出现了，他飞快地抢走了我的妻子。我的岳父闻讯（听到信息）赶来，他气得直打自己的脸，对我说："我在家里设下符咒，就是为了防止妖魔来抢我的女儿，而你却帮了妖魔的忙，你走吧。"

我也蒙了，急忙回家找猴子。可是，猴子早已没了踪影。原来，猴子就是那个妖魔，它先前

所做的一切，都是事先安排好的。

我非常**懊恼**，一直在外面乱逛。天黑的时候，我忽然看见前面有一条白蛇和一条褐色的蛇在搏斗，眼看白蛇就要不行了，我急忙捡起一块石头砸死了褐色的蛇，白蛇得救了。这时，周围又出现了十条白蛇，不一会儿，它们又一起消失在原野里。

我**精疲力竭**（精神、力气消耗已尽，形容极度疲劳）地躺在地上，耳边忽然传来一个声音："朋友，谢谢你救了我的白蛇兄弟。我要报答你。"话音刚落，一个精灵出现在我眼前，它还带了许多部下。

这个精灵命令一个部下背着我去找妖魔。这个部下背着我飞了起来，并对我说："在飞的时候，千万别提'神'这个字。"可就在我们飞的时候，偏偏迎面遇到了几个天神，激动之余，我说出了"神"字。结果，我一下子掉进了海里，**幸**

好有一艘船正好从身边经过，我被救了起来。到了岸上，我又遇到了一个骑士，它也是白蛇的兄弟。它送给我一把宝

剑，还一直把我带到妖魔住的城下。

我站在妖魔的城下，不知道该如何进去。忽然，一群眼睛长在胸口的人出现了。它们也是白蛇的兄弟。听了我的情况，它们把我带到一个有地下水道的地方，说："顺着水道走，就能找到你的妻子。"我顺着水道进了城。刚走出水道，我就看到了妻子。

我们都非常激动。妻子说："妖魔很信任我，它把全部秘密都告诉我了。"那么，到底怎样才能

dǎ bài yāo mó ne qī zi bǎ wǒ dài dào yī gè dà zhù zi qián zhǐ zhe
打败妖魔呢？妻子把我带到一个大柱子前，指着

guà zài shàng miàn de yī fú xiě mǎn zhòu yǔ de huà shuō wǒ bú rèn shi zì
挂在上面的一幅写满咒语的画说："我不认识字，

nǐ kuài niàn shàng miàn de zhòu yǔ
你快念上面的咒语。"

wǒ niàn le yī biàn huà shàng de zhòu yǔ yī qún mó guǐ jiù pǎo chū lái
我念了一遍画上的咒语，一群魔鬼就跑出来

tīng wǒ de zhǐ huī le yú shì wǒ mìng lìng tā men bǎ yāo mó zhuā qǐ lái
听我的指挥了。于是，我命令它们把妖魔抓起来，

bìng zhuāng dào yī gè tóng píng zi lǐ ràng tā yǒng yuǎn bù néng chū lái
并 装 到 一 个 铜 瓶 子 里 ， 让 它 永 远 不 能 出 来 。

wǒ shèng lì le zuì hòu wǒ ràng nà qún mó guǐ bǎ yāo mó de cái
我 胜 利 了 ！ 最 后 ， 我 让 那 群 魔 鬼 把 妖 魔 的 财

bǎo lián tóng wǒ hé qī zi yī qǐ dài huí le gù xiāng
宝 连 同 我 和 妻 子 一 起 带 回 了 故 乡 。

duō me shén qí de jīng lì ya hā lǐ fā tīng hòu hěn gǎn kǎi
多 么 神 奇 的 经 历 呀 ！ 哈 里 发 听 后 很 感 慨 （ 心

líng shòu dào mǒu zhǒng gǎn chù ér kǎi tàn tā hé zhè gè bú shì lǎn hàn de lǎn hàn chéng
灵 受 到 某 种 感 触 而 慨 叹 ）， 他 和 这 个 不 是 懒 汉 的 懒 汉 成

le hǎo péng you
了 好 朋 友 。

鉴 赏 心 得

　　懒汉的财宝是靠智慧得来的，所以说不是每一个人的财富和成功都要靠非常辛苦的劳动得来，也可以靠文化，靠智慧，还有靠运气获得。

我写读后感

读《一千零一夜》有感

王振皓

假期的时候，我读了《一千零一夜》，这本书又叫《天方夜谭》，是一部脍炙人口的文学名著，讲述了许许多多古老的故事。其中，有些故事揭露了封建统治阶级的罪行；有些故事则塑造了一些生活在社会最底层的人物形象，赞扬了他们的聪明机智、勇敢正直的品质。

《一千零一夜》中的故事都是由阿拉伯民族的智慧、才华凝聚成的，有些已经家喻户晓，如《阿里巴巴和四十大盗》《阿拉丁和神灯》《辛伯达航海历险记》等等。

我最喜欢《阿里巴巴和四十大盗》这个故事。故事中的阿里巴巴是个很正直的青年，有一天他发现了一伙强盗宝藏的秘密。后来，阿里巴巴凭着自己的勇气和女仆的聪明才智消灭了这四十个大盗，从此过上了幸福的生活。与他相反的是，当阿里巴巴的哥哥知道了宝藏的秘密后，因为太贪心，拿了好多宝贝，出来时竟然忘了暗语，结果，被强盗杀了。

这个故事告诉我们：人不能太贪心，否则会给自己带来灾难；如果遇到了危险，要机智、沉着、勇敢，既要和敌人斗争，又要保护好自己。

《一千零一夜》中还有许许多多这样的故事，充满了丰富的想象，有的宣扬勇敢冒险精神，有的对机智善良、敢于和恶势力作斗争的社会下层人民给予赞扬。这本书不愧为阿拉伯古典文学中的瑰宝，不愧是世界文学宝库中光彩鲜艳的珍品！

编者声明

　　在本书的编选过程中，我们一直积极地与作者联系，并取得了大部分作者的授权。但由于本书选文范围广，审校时间长，加之部分作者的通信地址不详，一时未能与某些作者取得联系。在此谨致歉意，并敬请作者见到本书后，及时与我们联系，我们将按国家相关规定支付稿酬并赠送样书。

"超级阅读"编辑部

联系电话：010-51650888

邮箱：supersiwei@126.com